점자 편지

실천시집선 304
점자 편지

2023년 02월 08일 1판 1쇄 찍음
2023년 02월 20일 1판 1쇄 펴냄

지은이 송유미
펴낸이·편집장 윤한룡
디자인 윤려하
관리·영업 이소연
홍보 고 우

펴낸곳 (주)실천문학
등록 10-1221호(1995.10.26)
주소 남양주시 퇴계원읍 퇴계원로 52 405호
전화 02-322-2161~3
팩스 02-322-2166
홈페이지 www.silcheon.com

이 도서는 2021년도 한국문화예술위원회 '아르코문학창작기금지원사업'에 선정되어 발간되었습니다.

ISBN 978-89-392-3131-3 03810

점자 편지

송유미

304

실천문학사

제 1 부

제2부

제3부

제4부

제1부

고향 윤슬

침묵은 물그리메 깊이 잠들면 고요한 북 잠든다는 건 두 가지 뜻이라지 산다는 건 生을 품은 死, 死를 상대하는 순간 순간들 여기 함경도산*에는 백 년 눈이 내린다 우리가 헤어진 38선에는 꽃비가 내린다 점점 보고픔은 하늘에 닿는 계단··· 숨 쉬는 무덤은 말 잃은 화산··· 윤슬 그리는 두만강 달빛에서 투명한 얼굴 꽃 피어난다 썩지 못한 그리움에서 이름 없는 별빛들 태어난다 흩어진 뼛가루로 뭉쳐진 내 열두 개 손가락으로 도무지 만져지지 않는 피붙이들··· 물 위에 쓴다

···사랑이 비산 민교 태언 규린 그리고 연두···

기특한 물방울 속에서
뼈아픈 햇빛들 웃고 있다
경계선 지우며 망초望草 군단 포복···하며 남하한다

---

* 전설에 의하면 홍수에 떠밀려 온 강원도 소재 산이나, 함경북도 사람이 찾아와서 산값을 받아내었다고 함.

점자 편지

–비산에게 주는 詩

이 슬픈 청맹과니
모래사막 한 권 택배로 받았습니다
끝없이 이어지는 '실크로드'였습니다
분명 와디 몇 개
어딘가 청혈淸血처럼 풀어놓았을 것인데
찾을 수가 없었습니다
그랬다지요
먼 옛날
아라비아 대상大商들 눈앞에서 길이 사라지면
모래사막 한가운데 아기 낙타를 묻고 떠났다지요
그러면 모성 본능이 하늘만 한 어미 낙타들
여기가 저기 같은
모래 무덤 속에 고이 잠든 새끼를
만 리 밖 물 냄새처럼 찾아냈다지요

한 삼 년 백내장 꿈처럼 앓고 나서
겨우 읽습니다 환한 길 끝에서 손짓하는
당신 꽃 소식, 읽습니다

아픈 통점마다
물 냄새 피우며 낙타들 걸어 나옵니다

점자 숲 오목눈이 교실 1
–맹인학교

점자點字는 천사들의 보이지 않는 글씨일까
꽃씨는 아름다운 나비들의 마음씨일까
꼭꼭 꽃씨 같은 점자를 철필로 새기는 시간은
열 손가락마다 꽃불이 찰칵찰칵 켜진다
국립 맹인학교 아이들과 점자 체험하다가 알았다
마음의 눈이 어두울 때는
두 눈을 감고 꽃잎 같은 고사리 손으로
부드러운 살결을 만지듯이 읽어야 한다는 것을
글썽글썽 매달리는 눈물방울이
땅에 떨어져 자취 없는 것처럼
닥종이*에 온몸으로 스며든 숲의 말씀은
귀 없는 새들만 알아듣는 것일까
교통사고로 눈이 먼 어머니, 비목 속에 새겨진
별빛 하나 어루만지며 뜬금없이 말씀하신다
"애야, 말을 잃으면 글도 잃어버린다…"
마음 깊이 오롯이 꽃피는 말씀 하나

* 점자책 만드는 종이

닥종이같이 하얀 내 허벅지에 옮겨 본다
뒤돌아보면 남기고 싶은 시 한 편도 쓰지 못했는데
재바른 다람쥐 점자 눈빛 반짝이며 시를 쓴다
문득 바다 건너 돌아오지 않는
아버지가 그리운 이 시간은, 눈 뜬 점자 같다
사각사각 도토리 까먹는 다람쥐 발소리 요란한
국립 맹인학교 숲속
까맣게 점자 발자국 찍으며
오목눈이 떼 점점이 날아오른다
아이들의 박수 소리에는
마침표가 하나 없고,
검은 선글라스 낀 점자 佛 일어섰다

점자 숲 오목눈이 교실 2

–늙은 아비는 점자 보도블록만 따라 걷는다

더듬더듬 눈 먼 지팡이 하나
길의 눈알을 곶감처럼
하나씩 빼먹으며 지나간다
톡톡… 꿈이 닿지 않는 키보드처럼
제대로 밟아보지 못한 아쉬운 길도
텅 빈 머릿속을 지나가고 있다
감추어 놓은 욕망처럼 숨은 길은
자꾸 실타래처럼 꼬인다
항상 안으로 꼬리를 감춘 길이 문제이다
어떤 길은 걸어갈수록 오리무중이다
어떤 길은 등나무처럼 끈질긴 절망을 이기고
디아스포라, 먼 하늘에 닿기도 한다
몸부림칠수록 몸이 더러워지는 길도 있다
눠우침으로 뒤범벅된 길들의 탄식은
김삿갓의 모자 같은 점자 보도블록이
힘없이 끊어진 곳에서만 들리고, 어둠에 빠진 길들이
맨홀 뚜껑을 열고 나와 대로를 질주하기도 한다
제대로 노후 대책도 없이 직장에서 모가지 잘린

늙은 아비의 길은 점자 보도블록만 골라 걷는다
캄캄하게 길이 보이지 않을 때까지
흥얼흥얼 길은 노란 모자를 쓰고

소주병 속에 비둘기가 산다
-서울역

1

서울 역전, 우리, 孔兄, 새벽 댓바람부터 병나발 분다
데굴데굴 굴러다니는 소주병 속으로 질주하는 KTX가
푸른 바다에 풍덩 빠질 무렵이면
뱃살 출렁이는 몸뚱이도 바닥이 나겠지
바닥 새들 비상하겠지
바닥을 모르면서 바닥을 노래하는 것도 싱거운 일이지…
너는 뭐 그리 바닥을 잘 아냐고
원효 도사 천 원 한 장 주면 성불시켜준다고 손바닥 내민다
헛소리 미친 소리에 귀를 씻고 씻다 보면
나도 마개 열린 우리, 孔兄이다… 복제 孔兄이다
거금 오만 원 넘게 내고, 아등바등 올라온
서울은 빈 병이다… 나는 병 속의 새다
하나부터 열까지 서울 역사 안에서 해결되는 상술 속에서
한발도 나가본 적 없는 나의 서울 나들이, 나는 병 속의 서울,
서글프지만 이런 깨달음을 얻는데
50년이 걸린 나의 인생,
이제부터 '쥐뿔' '개뿔'로 살아갈 것이다

노아의 홍수에서 공기만 먹고 살아남은… 서울역 비둘기들
쥐뿔도 없는 바닥 하나 믿고 은일하다

2

휘청휘청,
소주병에 빨대 꽂고 마셔 보면 안다
서울의 술은 달다
서울이 달수록,
하나 둘 셋… 빈 병도 많아진다 빈방도 많아진다
텅 텅 빈 서울이 빈 병처럼 많아진다
풍요 속에서는 절대 입구를 찾지 못할 것이다
데굴데굴
소주병처럼 바닥을 굴러도
끝내 바닥을 버리지 못하는 이유다
순진무구純眞無垢
개뿔 하나 없는 바닥 하나
너울너울… 벌써 남산 너머 백두산이다

노인이 되어도 나는 노인인 줄 모를 것이다

1

앙상한 나무젓가락 분지르며 찾아오는 오후 세 시
문 닫은 무료 급식소 앞에서 코로나 걸린 버드나무들
청승스러운 해풍에 머리 풀며 울고 있다
빈 의자에 고흐 닮은 '노인'도 울고 있다
황금빛 저 눈물의 씨앗들 떨어지는 순간
내 폐부 깊이 스며든다
유체이탈의 귀재, 용두산 비둘기들
날마다 관광객들 선심처럼 던져주는
새우깡으로 겨우 연명해도 살이 뒤룩뒤룩 찐다
그러나 아무도 비둘기 다이어트 따위는 연구하지 않는다
그러나 망연자실하면
늙은 부리가 콕콕 시트 바닥을 쪼아댈 때마다
나비효과처럼 번지는 바다의 나이테가 보인다
늙어간다는 일은 공상의 힘? 아니면 눈물의 힘?
굴러다니는 새우깡은 쓸모없는 못대가리들…
아니다, 처음부터 용두산은 그곳에 없었고
길게 누운 장의자 혼자서 비 맞은 중처럼 중얼중얼…

2

감당하기 벅찬 오줌 싼 이불 같은 나의 과거를
한 페이지씩 넘기는 노인의 손은 의족이다
두 손이 자유로운 나는 입맛에 맞는 일이 통 없고
폐지를 주워 생계를 잇는 희망찬 아침은 손닿는 곳마다 있다
가끔 나는 노인 뒤에 숨어서 기다린다 기다리는 것이
결국 노인이 되는 일일 것이다 그러나 나는
노인이 되어도 노인인 줄 모를 것이다

3

오늘도 눈물은 눈물을 흘리고 있다 나는 아무리 애를 써도
저 눈물은 내 몫이 아니어야 하므로, 너무 혼란스럽다
저 슬픔은 아무리 부정해도 나의 눈물이므로

4

밤마다 별들이 땅을 꿈꾸고 있다

나쁜 생각들 뒤틀린 못이 되어 광장을 뒹군다
싱싱한 나사못 비보이들
헤드스핀 춤을 춘다

내 몸에는
열심히 뿌리내리는
티눈이란 대못이 자란다
탕탕 박은 못들은 글썽글썽 내 눈물의 원천…

그래 빈 광장에 남아 있는 건 옳지 않다*

---

* 체사레 파베세(Cesare Pavese)의 〈피곤한 노동〉에서 인용

목울대가 까맣게 타버린 詩의 꽃

…당신은 자다가도 벌떡 일어나서 뜨겁게 사랑하지 않는다고 투덜대지만, 나는 이 세상에 태어나서 단 한 번도 제대로 타본 적이 없습니다 산다는 건 장작불 같은 거라고 먼저 불탄 토막은 불씨가 되고 빨리 불붙은 장작은 밑불이 되는 거라고 누구는 노래 불렀지만,

나는 불보다 더 뜨거운 불판 위에서 살과 뼈가 타면서도 느끼지도 못하는 공상의 불꽃

그 파랗게 녹슨 사상의 불꽃에 아버지의 우뇌가 타버리고 말자, 내 어머니는 가슴 속 일어나는 불꽃으로 그만 하얗게 재가 되고 말았지요 아, 6·25 사변 화마에 적산가옥 집 한 채가 삼켜지지 않았다면, 오, 내가 아들로만 태어났다면 목울대가 까맣게 타버린 詩의 꽃으로 살아가지는 않았겠지요

생은 목구멍에 불을 지피는 일인데, 독거의 탄불은 까닭 없이 꺼져가는지요 얽히고설킨 우리가 모닥불일 적에는 몰랐지요 얼어 죽는 불꽃이 있다는 것을요 번개탄에 번개가 없지

만, 불보다 뜨거운 머릿속에는 왜 이리 많은 내가 있는지요 내 생각을 빠져나온 내가 비 오는 양철 지붕 위에 올라 비를 부릅니다 할아버지 보내고 곡비哭婢처럼 울던 아버지 그 아버지의 목소리 볼륨으로, '불 들어가요! 아버지!' 목 놓아 번개를 부릅니다

흑룡 302호 장례식에의 초대
-故 김계환 선장에게 주는 詩

늙은 독항선 한 척 육탈肉脫 속에 산다
숱한 뱃길을 기억하는 선명도 지워진 지 오래
목욕재계하고 종이꽃 치장하고
풍석에 모셔 놓았다 어디 성한 데 없는 몸뚱이니
어서 어서 보내드리자고 해녀들 꽹과리 울린다
어촌계장 북을 울린다 수부들 장작불 피운다

다부진 두 어깨 자랑하는 수평선, 윤슬 보석이 깔린다
붉은 고무 다라이마다 녹꽃 등속 흐드러졌다
스티로폼을 뜯어 먹고 살아온 기구한 팔자
노령의 기형아들 힘찬 뱃길보다 먼저 앞장선다
한때 물이 좋아 똥개들도 지폐 물고 다녔었지

구석구석 썩은 살점 들여다보면 남태평양 물결이 인다
찢어진 그물과 어울려서 헤엄치는 새우 멸치 치어들
언제부터 창자 속까지 썩어갔는지 기억을 더듬는 듯
이마를 방파제에 하얀 피가 나도록 찧어 댄다

낚싯줄에 발목이 날아간 절름발이 비둘기
메인 와이어에 날개가 잘려나간 재갈매기
머리통 날아간 검은 바다와 우르쾅쾅 부서진다

막걸리 생각나면 나는 사라진 포구를 찾아 나선다
쪽빛 사랑이 아직도 일렁이는 등댓불燈臺佛 너머
타는 노을이 소지처럼 허공을 태운다
은물결들 노를 저어 나아가는 항로 따라
젊은 독항선들 괭이갈매기들
에스코트 받으며 동중국해를 지나간다

방 빼는 날

3평짜리 지하 내 방은 푸른 우물 속이야
더 큰 바다로 갈 수 있는 길은 쥐뿔 하나뿐
그래도 내 꿈은 어떤 상처도 받고 싶지 않아
가끔 노란 고양이 잠속에다 방을 만들어
계속 헛물켜는 방을 만들어… 실은 고해하는데
나는 낮에는 자고 밤에 새벽까지 알바를 해
숫자로 사랑을 계산하는 일이지
머리가 아플 때는 여러 개의 블로그 만들며 놀아
이 방 저 방 어울리다 보면
들통나는 애인들도 생기지
공치는 날은 이런 애인들과 함께
곰팡이꽃 그늘 아래 앉아 라면을 끓이지
거머리가 기어 다니는 푸른 벽에서
가끔은 달빛이 춤을 추지 그래도
지하 방까지 침입하는 가로수 뿌리 때문에
여기서도 살 수 없어 이삿짐 꾸리고 있어
그것도 모르고 건물주님은
밀린 방세 해결할 능력 없으면

당장 방을 빼겠다고 협박이고, 평생 낙천주의자
나의 아버지는 갈 곳이 어디 있냐고
허공에다 큰 영정 사진을 내걸지

썩지 않은 군화*

–함흥상회 인하 翁께 바치는 詩

허리 굽은 전봇대에서 백 팔 步 가면 구멍가게 있고 다시 시계방향으로 열두 步 가면 인하 翁의 함흥상회 있었지요 명색이 연장가게인데 싱싱한 못 하나 없다고 짓궂은 할매들 놀려댔지요 어느 날 한가롭게 지나노라니, 망초꽃 흐드러진 바람의 서랍…이었지요

…그리고 지난달 28일 칠곡군 가산면 용수리에서 한 유골이 발견되었습니다… 72년 동안 썩지 않은 군화 속에서 콸콸 못물이 쏟아졌습니다…*

바람에 굴러온 짜라시에는 못 쓰는 연장 따위 가지고 오면 연장함을 나눠 준다고 적혀 있었지요 긴가 민가, 서랍에 나뒹구는 망치 하나 가지고 찾아갔더니, 호호호 백발 노파들 여전했지요… 암수 한몸의 나사풀꽃들 나뒹구는 벽 너머 먹구름들 두만강처럼 흘러가고 있구요

---

* 2022.10.8. KBS 뉴스

…6·25 전쟁 최대 격전지인 다부동 전투 현장… 경북 칠곡의 작오산과 유학산 자락에는 핏빛 물씬 물씬 군의 자락처럼 피어났습니다…*

다 어디 갔을까요 텅 빈 연장함만 나뒹굴고 있어요 썩지 않은 군화 한 짝, 훈장처럼 동네 전선줄에 걸려 있네요

수상한 남대문 시장 복사점

오후 2시가 복사한다
숱하게 많아진 가로수 나뭇잎들
햇빛을 한 장 두 장 복사한다
찰칵찰칵 바람은 6·25 전쟁 통 꿀꿀이 죽 먹는
남대문 시장 사람들 복사한다
젊은 엄마 스란치마 입고
흑백 사진 찍던 남대문 시장이
내 기억을 한 장 두 장 복사한다
가만히 생각하면
사람은 사람을, 하늘은 하늘을,
바람은 바람을, 생각은 생각 없이 사는
나를 햇빛 빌려 많이도 복사했다
지하철을 타면 지하철이
성냥 알처럼 쏟아지는 사람들을 복제한다
하루에도 수천 미터나
파고 들어가도 바닥이 나지 않은
하얀 기억 속에서 나는
남대문 시장 사람들을 복사한다

햇빛 가루 듬뿍 넣어서

잔치국수 함께 먹던

젊은 엄마는 꿀꿀이 죽 먹는 사람들보다 많아진다

감자 먹는 사람들
-2050년 고흐 전시회

1

흔들리는 남폿불 아래 흙 묻은 손들 감자 먹고 있다
눈 깜짝 새 도착한 외계인 몇몇 1885년도
'감자 먹는 사람들'을 복제한 영상을 쳐다보며

그가 그린 이 '손'은 반드시 흙냄새가 났는데…
저 하얀 눈부신 손에서는 흙냄새가 보이지 않으니,
제대로 우리의 미래가 열릴 수 있을지요?

오른쪽 귀에서 강물 소리가 항상 들렸다는 고흐
압생트에 절인 손으로 그린 감자 먹는 사람들, 빛 속으로
투입되어, 감자 먹는 사람들만 복제하는 전시회 끝물
흙냄새 나는 알바들만 남아서

이 하루가 뜨거운 감자였어 몇 달씩 뜨거운 감자만 먹는 이역에서 벗어나려면 고흐의 잘린 귀부터 찾는 게 갑부 되는 지름길 아닐까? 적어도 귀 한 짝이 그림보다는 비싸겠지?
안 그래?

2

한 점 별이 되어 사람들 끝없이 사라져도
고흐의 감자 먹는 사람들만 남아서 이 지구를 지키겠지
고로, 고흐의 미래 전시회가 계속되는 한
흙냄새 나는 알바가 턱없이 부족할 터

그렇습니다,

영원불멸의 대화가,
고흐 미래 전시회에서
'감자 먹는 사람들' 대역을 구합니다
응모 기간은 영원합니다
但,
알바의 조건은
첫째 검게 그을린 감자 같은 얼굴로 찾아와야 합니다
둘째 흙냄새 나는 손이라야 합니다
셋째, 복장과 화장은 염려하지 마시고 오세요
준비하고 있겠습니다

일당은… 변치 않는 소금값으로

시간당 처리해 드리겠습니다

역전 다방

오래된 그리움 한 모금 동전과 교환하자
내 심장에서 군용열차가 기적을 울리며 출발했다
아, 생각나, 그 풍년 빵집 옆 역전 다방
모나리자 얼굴마담은 농약 마시고 죽은
사촌누이를 참 닮았었지
온종일 사락사락 눈 내리는 소리처럼
양철 챙에 떨어지는 빗소리
그리고 찻잔 씻는 물소리가
넝쿨처럼 푸른 물탱크까지 기어 올라갔지
그 숲속 둥지 같은 2층에서 내려다보면
나는 이방인 거리에 버려진 트렁크 같았지
먼바다 수평선이 짙은 아이라인을 그리는 오후 무렵이면
다투어 손님 찾는 다이얼식 전화벨 소리
마른 냇갈의 물고기처럼 파닥거렸지
밑 빠진 독같이 모두 떠나고
역전 다방 불빛만 남아 쓸쓸할 때
푸시시 형광등 나간 수족관 속으로 들어가서
새우잠 청하던 얼굴마담은 우리 누이가

죽었을 때처럼 그렇게 조용했지
정말 나는 착한 외눈박이 물고기 눈으로
모나리자 누이, 참 많이 울렸지

배롱나무 구두 병원으로 맨발들 모여들고

1

철거지역, 노인 병원 영안실 앞에는
버려진 구두가 꽃잎처럼 지천이다
장거리 문상객을 위해서일까 붉은 다라이 신발 신은
배롱나무 그늘 아래 그가 누런 삼베 두건을 쓰고
밤을 새워 검정 구두를 별빛처럼 닦고 있다
가만히 들여다보면 상갓집으로 모여드는 것은
구두만 아니라 국화꽃도 지천이다
검정 구두와 하얀 꽃의 성스러움은 두 말이 필요 없지만,
곡비가 사라진 마당에
상喪예의가 너무나 소홀해서
떠나는 자는 절대 울지 않는다는 것을 아무도 모를 것이다
우수수 바람에 떨어지는 꽃을 보라,
바람이 맨발에 꿰면 훌륭한 당혜!
누가 죽음은 끝도 시작도 없는 항해라 했나
누가 뭐라 해도 길고 긴 항해에는
소가죽 구두가 잘 어울릴 텐데
수의에 걸맞은 신발이 시대에 뒤떨어지게 짚신짝이라니

이걸 죽은 자가 어떻게 산 자에게
전달해야 할지 모르는 비애로
세상 모든 검정 구두들은 오늘 밤에도 상갓집으로 모여든다

2

죽을힘을 다해 살다가 끝내 떠나고만
막내 영정 앞에
거금 오십만 원짜리 소가죽 구두 한 켤레 선물한다
(그래, 이 헌신짝 같은 세상을 네가 버리고 가는 거다!)

3

하얀 마스크 낀 배롱나무 구두 병원,
행인들은 어찌 알고 찾아오는지
줄지어 늘어선 검정 구두들
윤이 나게 반짝이는 조등도 넘쳐 난다

제2부

봄이 밑천

…황하의 물이 하늘에서 내려와 세차게 바다로 흘러 다시 돌아오지 못하는*데

……코가 잔뜩 풀린 생각을 대바늘에 건다 길이란 길은 엉켜 캄캄한데 간밤에 지푸라기 잡은 꿈을 놓치지 않았는지, 더듬더듬 빈 바늘이 움직이며 윗몸을 짠다 아랫도리를 짠다 욕심을 줄어야 할 늘어진 뱃가죽은 어떡할까, 한 땀 한 땀 짜다 보니, 어느새 물속의 달이…진다

어릴 적 젊은 엄마는 아무런 밑천도 없이 한 잎 두 잎 청보리밭에 엎드려 빈혈이 노랗게 이는 아지랑이를 짰지… 노란 황달 들린 내 발은 여기저기 얼어 터져 인동초 잎사귀 같이 아프지도 않았지

딸들은 살림 밑천이라면서 영등포 공장으로 떠나보내고, 다달이 세금처럼 받아 챙긴 여공의 월급봉투 모아 대학에 진학한 큰 오빠의 비단 구두는 성주 단지 같이 높은 시렁 위에 모셔 놓고, 남은 꿈들을 동전처럼 집어삼켰지

여자의 인생은 툭툭 끊어지고 마는 풍금 소리인지… 자꾸

---

* 〈장진주〉에서

만 올올이 풀려 버린 보릿고개 언덕에 앉아 엄마들 삯 뜨개질한다… 늙은 봄은 수고도 없이 길쌈도 없이[**]… 아무런 밑천도 없이 찰나에 가내수공업 하청 공장 차려 수천수만 장의 초록 들판을 납품한다… '착한 엄마'란 상표를 빌려…

** 〈마태복음〉에서

머릿속 지우개

-벗, 子夜에게 주는 시

분홍빛 술패랭이꽃 머리에 꽂은 정녀貞女,
子夜와 함께 범어사 능인 만나러 간다
오락가락 기억 잃은 구름도 따라오고
도깨비풀도 끈질기게 쫓아온다
풀 먹인 카라꽃 같은 우정과 추억은
어느 포구의 닻줄에 매여서
몸부림치며 출렁이는가
하얀 머릿속의 지우개로 쓰윽 쓰윽 지운다
서산의 지는 해를 지운다
푸르축축한 입술을 깨물고서
무얼 보고 자야는 저리 미소 짓나
산 넘어 산 너머 파랑새는 징그럽게 울어 쌌는데
연보랏빛 술패랭이꽃 머리에 꽂은
내 친구 자야는 자꾸 웃는다
범어사 대웅전 처마 끝에 걸터앉은 능인 보고
저 남자가 왜 나만 보고 웃냐고…웃는다

깡통 부처

나의 비극은 내 관 뚜껑, 내가 닫을 수 없다는 거다
스스로 폭발해서 열린 내 젊음의 개요
꽃은 흐르는 물을 버리고 떠나는 여행임을 짐작도 못했다
내 파인애플 같은 단꿈이
침을 질질 흘리는 욕망에 삼켜진 후
토사구팽兎死狗烹, 버려졌다
차디찬 바닥을 굴러다닐 때도 알지 못했다
취객의 발길에 펑펑 엉덩이가 차여서
소쿠리 비행기를 타고 한없이 올라갈 때도
나락인지 비상인지 구별하지 못했다
세상만사 달이 차면 기우는 법
내 존재 이유는 이 지점에서 다시 출발한다
가진 거라고 개털 하나뿐
유통 지난 당신 또한 내가 소화할 숙제다
악귀같이 살고 자 할 때 길은 열릴 것이다
쓸모없이 뜨거웠던 청춘의 피가 거꾸로 솟는다

허공은 깊어갈수록 탱탱하다

병 속의 서울, 나의 우파니샤드

내 귓속에는 새 한 마리 산다… 푸른 강이 흐르는 나팔관이 산다 강을 따라가면 옛날 애인이 울고 있다 거대해진 내 몸속에서 KTX 기차가 떠나가고, 기억의 녹슨 철길 따라 걷다 보면… 서울역 나오고 노숙자, 나의 아버지, 나의 삼촌들 구걸을 한다 그들은 하나같이 빈 소주병을 흔들며 앞으로 열심히 잘 살 테니 천 원만 빌려달라고 징징 운다

병 속에서 우는 내 몸은 울수록 가벼워지는 소주병 오른쪽 귀를 쏟아내면 온종일 TV 브라운관 속에서 우는 새소리 쏟아지네 작은 수족관 속에 몸을 구겨 넣는 거인의 눈에서 모래사막이 쏟아지는데, 방청석에서는 빗소리 쏟아지네…

이보게, 부처 눈에는 부처만 보이고,
돼지 눈에는 돼지만 보인다네

내 귓속에는 이명 앓는 당나귀 산다 작은 엄마가 산다 산 너머 저편 또 산 너머 저편 꽃상여 끌고 가는 곡비들 산다 나의 멘토, 청바지 입은 부처님 맨발이 한 자 나온 관 앞에서

울지 못하는 제자들 쾅쾅 제 가슴에다 못질한다

누가 매일 내가 마시고 버린 소주병 속에 새들을 집어넣나
그대 마시고 내놓은 콜라병에는 왜 새들은 살지 않나

그대 쓸쓸한 무덤을 위로할 한그루 벗
-김태현 선생에게 주는 詩

1

신라인들은 죽은 자의 고독을 위해 아그배나무를 심었다지 숱한 무덤 앞에 아바타처럼 엎드려 효도했다지 자작자작 살피가 벗겨지는 청상의 아픈 바늘 끝에 은실을 꿰어 천마도 새긴 말다래를 전쟁터에 나간 낭군에게 선물했다지 박하분보다 희디흰 비단에다 매일 밤 화랑의 여인들은 오리나무 수액으로 한 자 한 자 수틀에다 천마 숲을 새겼다지

…불안과 초조를 무릅쓰고 목숨을 나뭇가지마다 걸면서, 그저 살길이 나타났다고 서로의 몸속 깊이 파고 들어가서 우우우 늑대 울음소리를 내며, 길 끝에서 길을 열었다지 저 만치 백척간두진일보百尺竿頭進一步, 그 천 길 나락에서 솟구치는 천마天馬를 바라본다

…이미 할 수 있는 일은 다 한 것인데, 또 한 걸음 나아가서 길길이 날뛰는 인연의 고삐를 단칼에 끊어낼 수 있다면… 얼어 터진 살피 뚫고 나온 새순 하나, 막다른 길을 꿰뚫고, 갈 테면 끝까지 가보라고 소리친다

눈 덮인 산은 그저 가만히 눈을 뜨고… 눈보라의 길을 옆구리에서 꺼내 보여줄 뿐… 자작자작 타들어 가는 내 살점

을 한 점씩 승냥이에게 떼어 주며… 뜨거운 모래 밥 한 그릇 받쳐 들고 천마처럼 우는 밤이면

2

누가 아프니까 청춘이라 했나, 나는 젊어서도 늙어서도 구름처럼 떠도는 집 한 채 구하지 못했다 이제 발목이 닳아지도록 걷고 걷다가 그대 쓸쓸한 무덤을 위로할 한그루 벗이 되는 일뿐… 내 비루한 영혼의 잉걸불 위에 잔기침하며 흩어지는 눈발들, 무지갯빛 환영들… 끝없이 타오르는 뜨거운 눈보라 속으로 숲은 깊이도 걸어 들어간다 한 점 불빛만 오롯이 남기고

점자 숲 오목눈이 교실 3

아함경 읽는다 가시 손으로
모래사막 낙타가시풀의 고독을 읽는다
하루가 무섭다 어두워지는 눈이 무섭다
의사의 만류에도 삶의 낙이 이것뿐이라고
어머니 철필로 점자 불경 닥종이에 옮겨 새기신다
해진 열 손톱 끝에 봉선화 꽃물 번져 간다
시치미 떼고, 연옥을 찾아가는 단테같이
주문呪文을 하얀 닥종이에 새긴다
어디선가 찌르르 스르르 우는 풀벌레 소리
잘 알아보면, 점자별과 통신을 하는 소리…
제 심장에다 나이테를 나무들이 새기듯이
더듬더듬 감은 눈으로 무얼 쓰고 싶은 것인가
오늘 만나도 내일은 알 수 없는 내 마음이
답답한 마스크 끼고 앉아서 철필로 만다라 새긴다
결국 시작과 끝이 만나서 바람에 털리고야 말
모래 만다라처럼, 빈손은 백지로 돌아온다
그래도 자꾸 점자별이 되고 싶어
만다라 속을 수놓는
오롯한 점자의 시간

검은 해바라기

-1940년 9월 4일생

말을 잃으면 혀가 굳어진다지
사랑을 잃으면 할 말이 없어진다지
6·25 때 피난 내려와
안 해 본 일이 없었다는, 왕고모
점점 혀가 굳어간다네
할 말을 하고 산 지도 오래
차마 못 할 말은 가슴 깊이
차곡차곡 돌탑으로 세웠다네
이제 볼까
저제 볼까
목구멍까지 치미는 그리움의 불길에
목덜미가 까맣게 타버린
이산離散, 해바라기 왕고모
점점 태양의 혓바닥이 굳어간다고 울먹이네
점점 혓바닥이 까맣게 타들어 간다고 흐느끼네

바다를 다 씹어 삼킨 파도처럼…

언어의 사원에서
–신옥진 시인에게 주는 詩

'나'라는 문장 대상이 있을 때 가능하다

나뭇잎들이 줄기를 떠나서 살 수 없듯이, 삶과 사랑, 인생은 한 그루 나무다

뿌리를 잃고 헤매는 잉걸불은 어둠속에서만 의연히 타오른다 가물거리는 밑불의 속삼임에 화구의 귀가 열린다 바람의 귀가 열린다 입술을 잃고 '나'를 부르는 이름은 멀고 먼 백마강 물소리!

홀로 빛나는 밤하늘의 별들에게 수다스런 도회의 바람들 말을 건다 잎잎이 배를 뒤집어 깻잎 단 묶는 아낙의 등을 헤집고 검은 구름 한사코 터널을 만들며 지나간다

허리 굽은 풀들의 행렬을 번역하는
샛바람과 산들바람의 속도만큼
묘비명은 늘어나고 아무도 읽지 않고 버려진
책갈피마다 달빛 쏟아진다
완전히 죽지 않는, 죽은 말들
혀에 착 달라붙은 매혹들, 달콤한 육신을 벗고

아주 익숙한

습관에 손목 잡혀서 몽환포영夢幻泡影을 떠돈다

사라진 말들은 죽은 기억을 노크하는 달의 물방울

거꾸로 선 나무의 말씀
-연두에게 주는 詩

할 말이 없는 구름, 진언이 되어 본 적이 없는… 바람
문득 나는 악수를 청하는 산사山査의 향기에 취한다
칭찬은 고래를 춤추게 한다는 데
공부 부족해서 놓쳐버린 말은 얼마나 많은가
지혜 없어서 열매 맺지 못한 사랑은 또 얼마인가
불빛들 부지런한 도회지에서
배운 말들은 모두 죽은 말뿐
마른 은결 이는 사막을 걷고 있다
오직 따라오는 것은 옹알옹알 엄마 품에서 배운
어-마 음-미-음 마 엄-마…의 그림자 길고 길다
나는 이제 언중유골言中有骨
허공을 파헤치며 날아가는 빛이다
날아가서 웅덩이에 처박혀 죽을
말 말 말…무덤을 꿈꾼다
죽은 말을 살릴 말을 꿈꾼다

텅 빈 도시에서 빨간 우체통 신세가 되어,
콸콸 쏟아지는 홍수진 계곡으로

은어 떼들 거슬러 올라간다
세상 모든 기회가 버려진 말들의 휴지통에서
정체성 잃은 사투리 몇 개 청아한 난처럼 옮겨 심는다
칼날에 베어져 뒹구는 요란한 말꼬리 뒤로 하고
뿌리 깊은 말들이 초인과 함께 달리고 있다…

점자 숲 오목눈이 교실 4

까칠한 모래 책에서 파도 새 울음소리 찾아 무르팍에 쓴다
한 자 한자… 새 소리, 바람 소리… 구름이 흐르는 소리
손톱 세워 나비 바위에다 현호빛 색상 하나 새긴다
더듬더듬 촉각만 믿고 쓴다 백 년 후 다시 와서 읽어도
후회 없도록 부끄럼 없이 쓰자
생애 처음 눈을 뜨던 첫사랑처럼 쓰자
우리가 주고받던 감미로운 눈빛,
흥겨운 웃음소리들 허공에도 쓰자
학수 여중 3학년 수선화 반 교실, 창 너머 뿌옇게 일어나는
운동장 흙먼지와 체육 특기생 너의 시큼한 땀 냄새까지
살 속 깊이 새긴다 누가 와서 읽어도
스스로 인 줄 깨닫고 경악하듯이
한 잎 한 잎 잎새마다 약도도 그리자
가장 아끼는 말은 나무옹이에다 묻고
무덤까지 가지고 가야 할 말은, 흐르는 물 위에 띄운다
까막눈 어머니, 졸음 비비며 사경하신다
문밖에서 기다리는 내일이
나보다 먼저 깨닫고 새벽을 깨운다

여기 쌈지 공원에 자장면 두 그릇 배달요

-이산가족 김 翁에게 주는 詩

오후 세 시가 되면 물결이 인다
기다림이 의자가 된다
인생은 누구나 고독하다, 외치는 동안
굵어진 주름살 밭고랑 사이 고향 바다 풍랑 높다
저 섬과 뭍 사이 빵모자 하나 떠돈다
구름처럼 살자고 했으나 바위가 된 세월
집 한 채 사지 않고 기다렸다 통일을
서쪽에서 해가 뜨나
이불 뒤집어쓰고 대남 방송 듣다가
남산에 끌려가서 몽둥이 맞고 절름발이 됐다는
윗동네 사는 김 노인의 말에 의심하며
중국집에 전화를 건다
-여기 쌈지 공원 세 번째 의자에 자장면 두 개 배달요
-지금 안 돼요 기다리세요
딸깍
중국집 주방장이 무심히 던진 돌멩이 하나가
넓게 깊어가는 파문의 수심을 그린다
저 수심을 풍덩 뛰어들어 헤엄치면 그리운 청진항일까

몇몇 절름발이 비둘기 햇빛에 지워지는데

싹싹 자장면 빈 그릇을 혓바닥으로 핥는다

기다린다는 건 빈 그릇이 쌓이는 시간

그 시간의 탑 그늘 속으로

출렁이는 귀항선 무적소리

누런 가래 뱉는 기침 소리 사이

개털처럼 끼어든 호각 소리 언제나처럼 배가 고프다

거미줄 풀어 나비를 짜다

여기는 한 땀 한 땀 걸어온 길이 모여드는 달의 사막일까
어떤 나뭇가지는 매지구름 따라 다니는 훈습에
익숙해도, 몸속에 발톱을 교묘히 숨기고, 틈만 엿보고,
일사불란 키운 뾰족한 가시 그늘 속으로는
어떤 새도 성큼 다가오지 않는 밤이다
산 마음도 죽은 마음도 아닌 그리움이 홀로 앉아
어머니 반짇고리 열어 손끝에서 태어나는 이슬을 수놓는데,
물보다 진한 한 가마솥의 피붙이들
서로의 목을 옥죄며 단말마 내지르고,
백 번이나 나비로 몸을 바꾸어 태어나도
열 손가락보다 길이가 짧은 그늘들,
가시 숲을 떠나지 못할 것이네

아고 아고 너그 막내 삼촌 너무 가엽고 불쌍타
식솔들을 밥 먹여 살리려고 그 어린 나이에
전쟁터로 달려가서 남들처럼 돈도 못 벌고
월남 꽃 여자랑 결혼식도 못 올리고
총각 귀신 되어서도 아직 집에 못 오노 아고 아고…

흐르는 강은 같은 강에 천만 번 같은 달을 띄우지만
꽃들은 생존을 위해 부단히 흘러갈 뿐이다
배가 너무 커서 머리는 따라갈 수 없는*
생각만 거미줄 풀어, 나비를 짜고 다시 푼다

* 세사르 바예호 〈거미〉 중

화석

야학을 마치고 돌아오면, 늑대 바람이 우우우 울며 마중 나오던 푸른 집 식구 수대로 라면이라도 끓일라치면, 찢어진 루핑 지붕 날개가 요동치며 헬리콥터 소리를 내던 집…

베니어 네 벽마다 월부로 들여놓은 TV에서는 똑같은 시간에 똑같은 '김자옥'이 나오는 「신부일기」가 흘러나왔지 새벽이면 연탄가스에 취해 죽어가는 사람들이 119 구조대의 들것에 실려 나가던 집… 폭우라도 쏟아지면 천정의 구멍이 점점 커져서 은하수가 쏟아지던 집 다세대 12가구들이 손바닥만 한 마당에서 세수하고 칫솔질하고 설거지를 했지 꽃장판 평상에는 포대기에 싸인 아기들이 앙앙 다투어 울어도, 한 땀 한 땀 아낙들은 삯이 2천 원짜리 가내수공업 뜨개질에 열중했지

가볍게 지나가는 소나기에도 솜이불이 스펀지처럼 젖어버리던 집 민들레 엄마 이집 저집 뛰어다니며 꾼 돈으로 월세 내어도 자꾸 밀려 이삿짐도 못 꾸리고 야반도주했던 집 파란 페인트 칠 벗겨진 철 대문이 24시간 열려 있고, 집주인과 함께 살지 않아서 잠시나마 지상의 낙원… 내 첫사랑 임영웅 큰 오빠가 전국 노래자랑에 나갈 꿈으로 목이 아프게 〈울어

라 열풍아〉를 부르며 아직도 살고 있는 메타세쿼이아* 푸른 대문집… 봉천동 버스정류장에서 내려서도 돌계단을 108개나 밟고 올라가도 한참 미로에 갇혀서 휘파람 불어야 열리는 하늘 집 구름집…

---

* 메타세쿼이아는 현존하는 화석나무임

제 3 부

붉은 다라이*의 기적

핏빛 흥건한 노을 바다 한 토막 도마 위에서 꿈틀거린다 성한 다리 하나 없는 꽃게 신세 누굴 원망도 않고 부지런히 옆으로 옆으로 제 갈길 간다 뒤이어 세월아 비켜라 외치며 이륜이 세상 밖으로 튕겨 나간 줄도 모르고 난파선 앞세워 앉은뱅이 모세 지아비 오체투지 바닥을 밀고 간다 고무장갑 낀 두 손으로 흙먼지 움켜잡았다 검은 타이어 잘라 이은 엉덩이 지느러미 흔든다 물결치는 파시의 둥근 파문을 사과처럼 쪼개 놓는다 저 느린 속도로 가나안에 언제 닿나 갑판 돛대 끝에 매달린 녹음기에서 이난영의 '목포의 눈물'이 깡통 속으로 동전 소리 내며 모여든다 바닥을 얼싸안고 춤추는 붕장어 떼 지나간다 인어 아지매들 내 갈치 사이소 외치며 붉은 다라이 빙글빙글 돌리며 막힌 길을 뚫는다 기다렸던 천파만파 물기둥들 일어섰다 주저앉는다 저무는 태양들 천 개도 넘는 붉은 다라이 속으로 풍덩풍덩 뛰어든다

* 다라이: 경상도 지방에서 7~80년대까지 거의 토착어로 사용 되었던 일본어로, 현장감을 높이기 위해 사용

당나귀 표 직물 공장 옆 양철 지붕 집

누런 내 앞니 삭아 내리는 뜨거운 양철 지붕 위에서 아버지 청바지 흔들며 비를 부르시네요 죽은 지 사흘밖에 안 된 누이 꽃 부르시네요 당나귀표 모직 짜다가 기계에 둥글게 말려 들어간 18살 억울한 주검을 하느님께 고하며 천국을 부르시네요 당나귀와 함께 천국에 갔다는 프랑시스 잠도 부르시네요 밤에는 공부하고 낮에는 일을 해도 월세를 맞추지 못해 이 집 저 집 철새처럼 옮겨다니다가 친구 삼촌 애기도 가진 우리 누이꽃 제대로 입을 것 못 입고 동생들 뒷바라지 하다가 화가의 날개도 접고 예수님 찬송가 따라 천국으로 떠난 누이 꽃 수천만 킬로미터 실크로드 같은 모직물 짜 놓고 떠난 우리 누이 꽃… 누런 내 앞니 뒹구는 양철 지붕 위에 올라 아버지가 비를 부르시네요 단 한 벌 남겨 놓고 간 청바지 입고가라고 누이 꽃 부르시네요 추적추적 비에 젖어 안녕, 손 흔드는 내 작은 두 손은 당나귀 귀처럼 커져 가요

새들의 장례식
—송×한에게 주는 詩

산소호흡기 뗀 동생 곁에 하얀 안개꽃 천사 피붙이처럼 흐느낀다
입던 환자복, 속옷, 물병, 컵, 일기, 필기구, 성경책이랑
레벨D 방호복 같은 투명비닐 보호복 입은 손에 의해 관속으로 옮겨진다 이윽고, 탕탕탕, 관 뚜껑 못소리 내 영혼의 뼛속까지 울린다
차디찬 시구屍軀 속 병든 불새 한 마리 타닥타닥
뼈마디 마디 끓으며 타들어간다
친절한 장례문화센터 도우미와 함께
검은 십자가 공중에 걸어놓고
봉인된 마스크 떼고 블랙커피 마신다

슬픔에는 커피만한 거름이 없소 그런데 이유나 압시다
일가친척이라고는 씨도 보이지 않소
아, 우리 식솔들은 애초부터 이산가족입니다
애초부터라니요? …아버지만 월남하셨거든요…
그럼 불행 중 다행이요 이번 코로나19로 죽으면
부모 형제들이 생생해도

발인은 새의 장례식 같이 쓸쓸하죠
무심한 시립 묘지 화장장 불길!
즐거운 웃음소리 지줄지줄 행복한 새소리
반도 태우지 못하고 시무룩 꺼져 간다

호른 애인

그를 사랑한 일이 기억조차 나지 않으니,
아주 없었던 일 같아요 나팔꽃 귓바퀴를 가진
탈북자 림 씨 그의 나팔꽃 호른을
나도 많이 연습했죠
사실, 그와 나를 중매한 사람은
레전드, 데니스 브레인*이었지요
어느 날 그는 혼잣말로 중얼중얼
함경북도 무안에 병든 노모와 여우 같은 아내와
토끼 같은 아이들이 살고 있다고 했어요
그래서 일까요 그가 부는 황금빛 호른 소리
산봉우리에 얹히는 구름 소리 같았죠
정말 아름다운 합주가
숱했을 것인데
그 아무에게도 들려줄 수 없는
모차르트 호른 협주곡 4번 3악장…
거짓말처럼 기억나지 않으니,

---

* 1921년 5월 17일 - 1957년 9월 1일, 영국, 전설의 호른리스트

생시엔 없던 일이겠지요

돼지가 고추장 단지에 빠진 날

외양간 한 채 발버둥 치며 강물 위로 떠내려갔지
큰 오빠 대학 등록금에 바쳐질
소 한 마리는 참 의연하게 물살에 몸을 맡기며 흘러갔지

하얀 기찻길이 칼국수처럼 불어터지면 신경병 도진 할머니가 장마라고 빨래부터 걷으라 했지 황급히 오줌 싼 내의를 걷으면, 비둘기호 기차가 후다닥 그걸 물고 뺑소니치듯 지나갔지 검붉은 철교 아래로 상이군인 외삼촌이 풍덩 급류에 휘말려 어디까지 떠내려가도

그 열대야 깊도록 남포등 아래 노란 엄마는 삯바느질만 했지 요금 싼 일반선 전깃불은 자주 끊어졌지 뒤뚱뒤뚱 오릿길 걸어가서 힘들게 구해온 '장미표' 털실을 물레방아처럼 두 팔로 벌려 감고 있으면 실로폰 소리 나는 빗방울들 정확하게 비닐 장판 흐드러진 해당화 꽃망울 속으로 사라졌지

부반장 영자집 돼지 새끼 한 마리 고추장 단지에 빠졌을 뿐인데 아이들 도시락 반찬 고추장이 동이 나고 영자는 무슨 신바람인지 동네방네 돌아다니다가 우리 집 칼국수 얻어먹고도 성이 차지 않은지 방학 숙제를 내게 부탁했지 옛날부터 선

생님인 선생님은 아무것도 모르고 나만 회초리 때렸지
지금도 눈을 감으면 환해
그 여름 끝자락 밟으면 나는
고추장 훔쳐 먹고 입안 얼얼한 빨간 고추잠자리

장대비가 마당을 못질할 때

어디서 구부러진 것일까 누구나 한 번은 품은 의심으로 망가진 못을 들여다본다 한때 생생한 허리로 등짐을 져 나르다가 휘어진 것일까 어디에 이마를 박고 싶어서 함부로 고개를 처박다가 튕겨 나온 것인지

대관절, 이 못 하나로 끙끙대고 있자니

머릿속이 못에 박힌 듯 아프다

저 구부러진 허리를 바로 펴면 원래 모습으로 돌아올 것인가, 애초 그를 박다가 말아버린 사람은 누구일까,

안타까운 일은

내 이러한 생각들이 구부러진 못 같아

쓸데없이 버려지는 것이다

장대비가 빈 마당을 못질하고 있다

아픈 듯 뒤틀리며

흙들이 살점처럼 찢어져

하수구로 흘러 들어간다

붉은 다라이

흙 웅덩이에 빗물 고이면 고운 햇살이 곱게 빗질한다
나무 뿌리 깊은 바윗돌에 이끼가 끼면 바람이 빗질한다
사람의 뇌, 쓰지 않으면 녹이 슨다는데
생각이 엉키면 아무 일도 하지 못한다는데
머리칼이 가늘어서 뚝뚝 끊어지면
죽을 때가 된 거라는데
참빗 얼레빗 문빗
번갈아 가며 오래 머리 빗다가
창밖을 본다
파르르 잔디 깎은 무덤이 참 따뜻하다
곱게 가르마 탄 산길에서
다박다박
붉은 다라이 머리에 인 엄마 걸어온다
가물가물 희미해진
감나무 꼭대기 조등에서
구불구불 풀려나오는 고샅길 하나 응시한다
누구나 꼬인 길을 보면
얼레빗으로 빗겨주고 싶을 거다

무슨 사연으로 망초꽃은
흰 상석마다 편지처럼 꽂혀 있는 것일까
고운 바람이 흙길을 쓴다
동백기름 빛나는
가르마 속으로 아기 업은 엄마가
붉은 다라이에 담긴 달이 되어 돌아온다
얼레빗 마른 뼈 사이로
환한 젖 내음 풍기며

남해 노도에서

부서진 파도 소리 한 잎 주워 책갈피에 오늘처럼 꽂았다
어두운 바다 위로 걸어 다니는 바람 소리 사납다
섬과 뭍 사이 파도는 밤이면 더 높고
기다려도 오지 않는 것은 무엇인지 이제 알 수 없다
단 하나 남은 촛불인 양
마지막 손가락 잘라 피눈물 흘리며 혈서를 쓴다
잠든 고통도 새벽이면 다시 짐승 소리를 내며 울고
무성한 가시 울타리 손톱들을 세워
텅 빈 허공의 등짝을 피나게도 긁는다
막 어디론가 떠나는 구름 몇 장에게 몇 자 써서
보내야 할 말도 잠시 잊었다 몇 날 며칠
곤궁한 아궁이에 지핀 군불들이 검은 연기 끝없이 풀어낸다
캄캄한 유배가 끝나는 날까지 이 목숨이
견뎌내야 할 오욕의 입술은 이미 말라비틀어졌다
바람은 낼도 서쪽에서 동쪽으로 불어제칠 것이다
한없이 거칠고 사나워져서 나도 알 수 없는 마음으로
이제 무엇이 옳고 그른지 상소할 힘도 없이
그저 능인의 진여에 기대여

피를 말리며 한 줄 글을 어머니 위해 짓는다
저 그을림 다 닦아 낸 등피의 밝음 속에서 아내가 웃는다
지고 온 고통은 잠시 신발을 벗고
형틀 위에 앉아 존다
바다를 건너오는 말발굽 소리 희미하고
풀썩 석양은 수평선 밖으로 떨어지고

청보리밭 교실
-1963년 2월 17일생

누가 청보리밭에 불을 질렀지 불닭 같은 하늘 속으로 새들 하나 둘 사라졌지 나는 지겹도록 형 교복만 받아 입었지 남자애들은 다 보이지 않고 앉아서 오줌 누는 여자애들과 매일 전쟁놀이했지 깊은 새벽이면 퉁퉁 물에 불은 사람이 종잇장처럼 수면 위로 떠올랐지 작은 형은 죽은 간첩이라도 현상금을 탈 수 있다고 경찰에 신고하자고 했지 그러나 경찰서 아저씨에게 군밤만 맞곤 했지 하얀 천막 교회에 다니는 언청이 누이를 보고 할머니는 예수쟁이 때문에 집안이 망했다고 혀를 찼지 그러나 누이와 나는 매일 같이 발밑이 아찔한 강물이 흐르는 철교 위를 나비처럼 날아서 교회에 다녔지 어느 날은 쏜살같이 달려오는 기차 바퀴 소리에 누이는 새처럼 사라졌지

(요단강 건너가서 만나자, 요단강 건너가서 만나자)

서울내기 다마내기 고래고기 씹어 먹고 삶아 먹고— 따라다니면서 놀리는 마을 형들은 청보리밭에 절대 들어가지 말라고 겁을 주었지 달밤이면 문둥이가 나타나서 너 같은 건 바람같이 잡아먹을 거라는 소리에 나는 괜히 눈물이 났지 그

럴 때마다 목사님은 사내애의 눈물은 보석이라고 말했으나, 그 말씀은 엽전처럼 쓸모없다 싶었지 하룻밤 자고 나면 헬 수도 없이 많아진 별빛들이 공장 굴뚝 불빛 바라보며 흥얼흥얼 태화강을 노래했지 그래도 나는 미제 배급 우유 얻어먹은 힘을 다해 작은 형과 서울 가는 기차 꽁무니에 댕강댕강 매달려서 월평에서 멀어져갔지

어머니의 달

1

온종일 머리채 풀고 우는 파도를 바람이 달랬지요
지난밤 붉은 동백숲 속에 굴러다니는
달을 펑 차며 놀던 돌고래 사라진
아침바다는 적멸보다 조용하구요
줄탁동시啐啄同時에 이르지 못한
내 반 푼의 학문은 그저 언청이 같아 서럽습니다
천상천하 유아독존天上天下 唯我獨尊
부처님은 어머니 뱃속에서도 중생제도 했다는데
말구末口에 이르지 못한
나의 깨달음은 허방 같구요
석삼년도 넘게 섬에 살면서
하얀 톱밥을 토해내며
밀려오는 바다의 시퍼런 말을
소설 속에 한마디도 옮겨 적지 못한 것이
미련한 중생살이에서
벗어나지 못한 참선 같구요

2

사랑하는 어머니, 오늘따라
외로운 저 달은 왜 저리 밝은지요
미친놈처럼 하늘을 쳐다보며
스스로 웃는 소리에 하늘도
이제는 전혀 놀라지 않고
알 껍질 깨어지는 듯 밝아오는
여명의 틈 사이로
밀려오는 저 반야 용선半夜 龍扇
부질없는 꿈같아 더욱 서럽습니다

원형 탈모 앓는 공터

꽁초를 꼬나물고, 버려진 파도 소리 50킬로쯤 저울 위에 올려놓는다 물새 소리도 10킬로 덤으로 올려놓는다 폐지 따위도 15킬로쯤 올려놓는다 바위 같은 저울 꿈쩍하지 않는다 지구를 올려놓아도 저놈은 공空을 가리킬 것이다

놈이야 그러거나 말거나 쉬지 않고 공터를 시시포스처럼 굴리는 노인, 얼마나 손길이 갔는지 반들반들 윤기가 나는 공한지, 가끔 땅 주인이 찾아와서 상추와 고추를 수확해 가도, 공터는 월 임대료 20만 원 받는 만큼 열심히 굴러가고 있다 이 나이에 손바닥만 한 땅을 부릴 수 있다는 사실만으로도 감사한 노인 늙은 몸에 병이 찾아올 사이도 없이 굴린다 다람쥐 쳇바퀴처럼 공터를 굴리는 일도 다 먹고 살기 위한 일

모처럼 보글보글 석유풍로 위에 라면을 끓인다
펄펄 끓는 냄비를 어디에 올릴까 궁리하다가
앉은뱅이저울 위, 원형 탈모 앓는 공터 위에
조심스레 올린다
앗, 뜨거워!
허기진 눈알이 휙휙 지구 한 바퀴나

돌다 와서 제자리 눈금에 정확히 섰다

오늘은 부지런한 공터 위에 둥근 달이 떴다
노인은 빈 수레에 0kg 무게도 나가지 않을
달을 수레에 실으면서 생각한다
내가 세상 떠나도 이놈의 공터,
누가 먹여 살려도 살릴 거라고

앵강만 바람 귀는 사납다

새벽 어옹들의 노 젓는 소리에 문득 깨어난다 늘어졌던 빨랫줄 같은 수평선 다시 팽팽하고 흰 상복 자락 펄럭이는 바람의 귀는 사납다 이것이 꿈이라면 길을 자주 잃어도 좋겠다 이마를 깨부수고 날아오르는 파도 새 무리들, 날마다 습習을 하여도 바다를 떠나지 못한다 문득 눈 소식처럼 한양살이 그리워진다 나이가 드는 만큼 시들지 않는 마음이 싫다

섬 아낙들은 돌고래마냥 바다에서 일하며 놀고 나이테 굵은 남해의 높새바람소리 나귀 울음 닮아간다 입 안에 곰팡이꽃 피어 만발하였고 아무도 안녕을 묻는 이 없으나, 착한 달빛들이 목측에 그려놓은 섬과 섬 사이 외로움만큼 거리가 멀다 갈기가 센 바다는 성질머리 고약한 내 전생같이 노 젓는 소리 하나 붙들고 온종일 사납다 낡은 삿갓 하나 꿈속에 띄워 놓고 오수를 청하는 사이

늙은 뱃사공은 바닷길을 천 갈래 만 갈래로 갈라놓았다 저 앵강만 발치에 와서 흩어지는 하얀 상소 같은 바람의 말

들 물의 말들, 답답한 백성들의 한 맺힌 통곡이다 본시 귀로 듣는 것이 말이 되고 말이 되는 것이 눈에 보이기도 하는 법

버려지고 또 버려진 이 몸에 아직은 썩지 않는 날 것들 있어

묵정밭에 옮겨 심으니, 아하 낙관 붉은 그림 한 점이다

생生이 꿈속의 꿈인 것을 스스로 감옥을 자처했으나 내 부서진 관절을 삐걱이며 물레 잣는 한숨 소리여, 이 꿈 깨면 나도 모르는 꿈속에서 나그네처럼

어머니가 들려주는 자장가를 기쁘게 들으리라 저 하늘과 양손을 잡아 천지간을 울리는 무적소리 심장이 쪼개지는 꿈속이다

공장 불빛으로 만든 아가씨

포구의 눈동자 집어등 불빛들
야근 수당도 없이 야간 항해 중이고
어촌의 솔숲은 캄캄한데
온산공단 때 석유화학
'공장의 불빛'*으로 만든 예쁜 편의점 아가씨
하얀 석남꽃을 리본처럼 꽂고서
누굴 기다리나요 파도는 바다를 언제 떠나나요
취준생 나는 바늘구멍이란
구멍들은 다 들락이다 보니
마법에 걸린 낙타같아요
바다는 오늘도 산산이 부서지는 그리움
이런 것이 사랑인지 동정인지 알 수 없지만,
착한 편의점 아가씨
어제 팔고 남은 삼각 김밥을
내 책상위에 갖다 놓고 퇴근하지요
자고 나면 파도 껍질만 스산한 포구의 편의점

---

* 김민기의 〈공장의 불빛〉에서

바다가 환히 보이는
내 방에서 24시 영업을 하지요
그래요
여기는 그리운 고향마을
춥고 지친 밤*만 방문하지요

18번 상속

오늘 만나도 어제 했던 말을
내일 만나도 어제 했던 이야기를… 죽어서 다시 만나면
살아 있었을 때 했던 말을, 지금처럼 나눌까

(나 말이야 와이프랑 싸웠어 아이들 내 말을 안 들어
아 지겨워 죽겠어 확 이혼해 버릴까…)
낡은 테이프에서 〈울고 넘는 박달재〉 흐르고
네 발 달린 의자와 탁자,
소주 한 병과 도다리 튀김 한 쟁반 올려놓고
벌써 몇 시간 째,

(개 말이야 아파트랑 차도 바꾸었데)
(그 작자 알지? 마누라 몰래 바람 피다가 들통났데)

신물이 나는 말을 씹고 씹다가 동전 노래방으로 진입한다

수백 수천 만곡이 저장된 노래 중에서 아버지에게 상속받은 〈꿈꾸는 백마강〉 부른다

1호선 지하철 타고 낮술에 취해 무한궤도를 돌고 돈다

비틀비틀 노란 종이 달이 따라온다…

지겹지도 않은지 우리, 동네 포차에 맡겨 둔 개뼈다귀를 다시 뜯는다

잠만 자는 房이 있습니까

은어 한 마리 앞세워 골목길 접어들면
졸졸졸 하수구 물소리 들려오는
어항 같은 잠만 자는 방을 원했다
복덕방 할아버지는 틀니 빼놓고 왔다고
헐레벌떡 돌아가면서 외쳤다
(집주인도 안 살고 대문도 없으니 이처럼 좋은 방은 없어
더구나 한밤중에도 담을 넘는 일은 아예 없지)
돼지 곱창처럼 꼬인 회랑 끝에 매달린
새 둥지 같이, 숲속처럼 조용하고 어두운 방
수없이 열쇠를 잃어버려도 좋은 방
나는 오래도록 이런 잠만 자는 방을 원했다
마법에 걸린 백설 공주와 일곱 난장이들이
함께 살아가는 다세대 가구… 하나같이 낮에는 잠자고
밤에는 출근해서, 생쥐 가족들이 달세도 주지 않고
살아도 아무도 쫓아내지 않는 방, 오래도록 잠에서
깨어나지 않는 이웃들을 위해 기래끽반飢來喫飯
수래합안睡來合眼의 백설 공주가 연탄불을 갈아 주던 방,
나는 오래도록 잠만 자는 방을 꿈꾸었다

뚱뚱한 내 몸이 티끌처럼 작아져서
빗방울이나 물방울이 되는 꿈,
그 꿈같은 물방울 속에서 몇 개의 수초를 동동 띄우고
발만 씻고 들어가서 쓰러져 잠드는 방,
내일도 태양이 뜨겠지만, 그 태양을 본 적이 없는 사람들이
잠만 자는 방, 나는 오래도록 이런 방을 원했다
마을버스 시간마다 1대씩 들어와도
걸어가는 게 더 빠른… 잠만 자는 방 있어요?

금붕어, 閑

한가할 한閑이란 안에서 문을 잠그는 것이라네 눈빛만 깜빡이며 움직이지 않는 금붕어들 가만히 보고 있으면, 안에서 문을 잠그고 참 맑게도 살아가네 바쁘게 산다는 게 잘사는 법인 줄 알았는데 느릿한 그들의 잠행이 부럽네 같이 살면서도 스스로 고독한 존재의 이유를 각자 알아서 절차탁마한 것일까? 금빛 지느러미의 조용한 칼날이 나를 전율케 하네 온몸에서 사악邪惡이 다 빠져나가도록 쉽게 나를 닫지도 열지도 못하네

선善에는 선善! 악惡에는 악惡!
이를 악물고 선을 긋는 마음들,

단단한 물 속에 갇혀서도

저 금빛 지느러미
뺨을 후려치고 한가하게 달아나네

제 4 부

유칼립투스 물리치료실 1

삶은 상처다

등 뒤에 꽂힌 시침과 분침들이
찍찍 소리 내며
그래프를 그린다

차륵차륵 소리 내며 나이테와 뼈의 협곡을 탐험하며
미래의 씨앗을, 아픈 눈빛으로 복제한다

밥 먹고
똥 누고
말하는 게 제대로 안 되는 젖먹이가 되어가는
엄마 등 뒤에서 서성이는

내 심장에서 멍울멍울 석류 꽃 터진다

사흘간 불면의 밤을 지새우는 올빼미에게는

아무도 면회 오지 않았다

유칼립투스 물리치료실 2

아- 나비들 마른 나뭇잎 속에 숨어 있다가 떠나는 가을
등 굽은 뇌졸중 환자들이랑 마구 뒤섞인 화투패 두다가 아네
화투 한 장 넘기는 장력에도 기적이 스며 있다는 거
끔찍한 자식 사랑도 우물쭈물하다가 떠나는 배 같은 거여서
아무도 면회 청하는 이 없는
요양원 물리치료 작업실 두레반 앞에 모여 앉아
이해용 수저와 젓가락으로 물리치료사 선생들
재촉받으며 종일 밥 먹는 작업을 하네 아 힘들어
한 숟가락 뜨는데 1시간이라니 고작 젓가락질뿐인데
겨자씨 한 알로 성을 쌓는 겁의 시간이 필요하다니
푸른빛 강 건너
나의 젊은 삶이야 밥 한 끼는 식은 죽 먹기겠지만
푸른빛 강 건너 이편 저녁 불빛들은 배가 고프다
바위 심장에 뿌리를 내린 나무들
목숨 걸고 열 손가락마다 달빛을 매다네 이런 사연을
바람은 아는지 산 무덤 곁에 앉혀놓고
슬픈 피리를 분다 찰나에 열두 번씩

유칼립투스 물리치료실 3

그리움의 입술이 탈 때,
사람은 꽃핀다
한 나절의 고통이 반나절의 고독을 위로한다
청명한 하늘 위 구름들은 희희낙락 구경하는가
유리 너머 하얀 병실은 나비들만 입원해서 춤추고

- 아고 배야 아고 배야 아고 배야

요양 보호사 남편의 머리채를 잡고
대장암 말기의 아내는 수술을 기다리며
평생지기를 참기름 넣고 달달 볶는다

아프다는 것은 남녀노소를 구별하지 않는데
슬프다는 것은 남녀유별같이
염낭거미들의 눈물을 쏟아내며 길고 긴 하루를 짠다

시간이 멈춘 듯
강이 멈춘 듯

혈관 밖에 피는 저 꽃들의 이름을 몇몇이
동백이라 부르며 지나간다

겨울 나그네들이 길을 노래한다 뼈만 남은 나무들 춤춘다
눈은 지상으로 이사 오고

유칼립투스 물리치료실 4

마취제에 취한 벌거숭이 나무들 춤을 춘다 정신과 영혼은
구름과 바람에게 돌려주고, 천장 없는
파리의 다락방 신세 낯선 고흐의 얼굴이 되어
스스로 귀를 자르고 손가락을 자른다 온몸이
만신창이가 되어 입원한 환우들 간병인의 구박을 받으면서
전기장판도 없이 오-돌 오-돌 떤다 아 단애의
끝이 여기일까 등 뒤 바람이 칼날이다
한두 장의 목숨으론 부족하다
갑자기 혀는 말리고 목덜미는 타들어 가는데
숲은 아우성도 없이 깊고
고요하다 누가 있어 내 영혼을 되찾아 줄까
사물함 보관함에서 전화벨 소리가 난다
휴지통에서는 망초꽃들 넘치도록 웃다 사라져

유칼립투스 물리치료실 5

사랑채도 아닌데
며칠 더 비를 피하다 가라 하네
검은 뿔테 안경 전문의 천사 베드로 씨

하얀 창밖은 방울방울
밤마다 불빛 아름다운데

쇠창살 너머 수갑 찬 삼촌
여기도 사람 사는 곳이라
병실도 있고 이쁜 수간호사도 있다네

참 잊고 살았다
내가 1164호 환자라는 거

여전히 창밖 아침은
손수레를 끌고 오는 밤차 같다

꿀꿀이 죽 끓이는 외할머니 곁에서

잔손질 거들며 살아온 유년의 창밖은
여전히 주룩주룩 비가 내린다

하마 올까 기다리는 잠든 아이의 머리맡 운동화 그리고
김 가루 고운 센베이(煎餠)

약한 삶은 과자보다 잘 부서진다

개똥 익어가는 계절
-친절한 간병인 k에게

*

숲이 붐빈다 나이테 깊은 길이다 이 길로 들어온 사람은 출구가 없다 껍질 벗겨진 기억이다 반점 돋아나서 고통이 붐빌 때 마다 진통제를 놓고 가는 간호사의 발자국 소리는 늘 귓속을 맴돈다 붐비는 휴게실 손님들은 모른다 붐비는 주사실의 상황을

아프다와 외롭다와 쓸쓸하다 사이에 비가 내리고 톡톡 빗방울들 노크한다 방울방울 방마다 환자들 늘어났다 아무도 입구를 모른다 몰라도 아쉽지 않다

산다는 건 병들어가는 거, 오색 잎들이 가만가만 입술을 달싹이며 염불을 왼다 저마다의 방속에 오늘은 된장 냄새 가득한 밥상이 들어왔다 아- 문도 창도 없는데 날마다 똥 냄새 걱정한다

*

길가 개똥 말똥도 약에 쓰려면 없다지 구린 똥도 거름이 된 시절이 있다지 단내 나는 애기 똥은 배고픈 강아지나 허기진 닭들의 먹거리였다지 가만 보면 사람 사는 일은 평생 똥 잔치다 밥잔치다 산다는 건 그 잔치 설거지로 바쁜 나날이다

누구는 밥 한 끼에 이백만 원씩이나 소비한다는데 누구는 무료급식 한 끼에도 부자 기분을 느낀다는데 입원해서 점도 증진제 섞은 죽을 먹다 기저귀 차고 똥 싸는 환우의 똥 냄새 반찬처럼 씹으며 알았다 따뜻한 위속으로 들어가는 순간, 어떤 밥도 똥이다 푸세식 찾기 어려운 이 시대 똥은 어떤 똥도 대접받기 어렵다 왕복 열차처럼 아침 저녁 똥 체크 하러 오는 간호사의 슬리퍼 소리에 치매 걸린 친구와 간병인은 이전투구, 똥전쟁이다

-똥이 안 나온다 똥이 안 나온다
-똥 소리 좀 그만해 오늘 많이 쌌어

그놈의 똥
정말 지겨워 죽겠어

*

똥 타령 익어 간다 쥐똥나무 열매와 함께

아비의 등뼈에서 흘러나오는 색소폰 소리
–산사나무 요양원

1

욕창의 고통이, 다 쓰러지는 지붕의 등뼈를
지그시 눌러주고 있다
진통제를 한 주먹 삼켜도 지지대가 약한
척추뼈 4번과 5번에서 뿡뿡 색소폰 소리가 난다
어린 것을 무등에다 태우실 때 나던 방구 소리도 난다
척추를 지나는 신경은 일만 팔천 개라고 하는데
근육이 썰물처럼 빠진 아비의 몸은 점점
낡은 신발같이 편하다 하신다
날마다 쉬고 뱉는 숨소리와 앓는 소리 식별할 수 없고
시간마다 혈압을 재고 가는 간호사 발소리 따라
구름 마차 한 대 따라간다
코로나19 팬데믹 들끓는 소리
눈물샘들 넘쳐난다 진정 삶이 죽음을 두려워하는가
죽음이 삶을 원하는가
일당도 없이 온종일 나는 공중에 매달려서
흐릿한 허공을 자꾸 닦는다
대리석 바닥에 뛰노는 커피 방울 닦는다

2

딸깍딸깍 지구 한 바퀴 돌아온 시간은 둥근 달에 걸터앉아 벙어리장갑을 뜨개질한다 아기는 유모차에 안겨서 미소 짓고 설핏 잠을 한 바퀴 돌아온 흰둥이는 내 혀끝에다 꽃불 매단다 숲을 생각하면 나무가 자라는 생각에 제한 속도가 없다 변함없이 예수님 만나고 오는 길목 구멍가게 차경에 비치는 내 몸뚱이는 펑펑 총구멍 뚫려 있다

하얀 가운 의사는 오늘도 솜사탕 처방

"당신은 주사를 맞아도 그만 안 맞아도 그만이므로 지금부터 자연입니다…"

라면 파마 왕고모 저런 말만 비단인 의사가 어디 있냐며

저녁 별에게 삿대질!

손목이 잘려도 잎을 틔우는 유칼립투스 숲에는

배 아픈 달이 뒹군다

신의 12번* 현을 위하여
-길랭바레증후군 병동

1

한 알의 약, 연하嚥下가 불량한 환자에게는
돌멩이 삼키는 일이다
오늘의 밥, 혀가 말을 듣지 않아
목구멍에서 역류하는 밥알들
무능한 낱말 같다 이가 씹은 것을 혀가 넘겨야 한다
음식물이 폐로 넘어가면 죽음이다
죽도록 하기 싫은 말이 입안에서 맴돌 듯이,
끝내 삼키지 못해 꾸역꾸역 토해내는 분비물들
흙에 묻으면 내일의 씨앗이다
그러나 아무도 주기도문을 외우지 않는다

식사 한 끼의 신통神通이 무엇인지도,
일용이 무엇인지도 모르고 살다가

길랭바레증후군(Guillain-Barre Syndrome)이라던가,

---

* 설하舌下신경(12번 뇌신경)

그 수초髓鞘의 비밀을
발견한 자의 이름으로 지어진 병동에선

한 수저 두 수저 들어 올리는 시간이
도끼가 썩어가는 천년전 시간이다

2

말초신경 현絃이 끊어진 기억의 회로를
어디에서 손봐야 하나

징조니 징후니 증후군이니
몰랐던 때부터 추락은 시작했으리라

인턴은 현대 전기차 이야기에 바쁘고 코빼기도 못 보는 의사들은 세미나에 바쁘다

24시 불빛이 환한 유칼리 숲

코알라 물리치료사의 눈빛은 수술용 칼 빛보다 매섭다

3

한 침상 건너면 수수 빛 붉은 강이
몸 밖을 흐르고 심장을 울리는 메아리는 답장이 없다

마왕에게 항복받은 자세로
앙상한 맥을 타고 흘러드는 물소리 엿듣는다

목덜미 타고 흐르는 침윤물마다
꽃은 핀다 이름하여 시체꽃!

갈참나무 요양원
—무연고자 류 翁 사는 법

막 더불어 살기에 익숙해지려는데
세월에 금이 간 몸뚱이에서
헐거운 영혼이 다 새어나갔습니다
오기로 버틴 막노동 나날에 대한
친절한 대답같이 찾아오는 간병인에게
아버님 소리 들을 때마다 소름이 돋습니다
무엇에 그리 놀라면서 살아왔는지 나도 알 수 없습니다
오 분마다 형틀 같은 병상에서 자다 깨면
이 침대 저 침대 기침 소리
가래침을 빼내는 기계 소리, 자장가입니다
더 이상 주사 꽂을 자리 없다는데
누가 갖다 꽂은 것인지 링거병에서
한 방울 한 방울 떨어지는 사막의 물소리
온몸이 젖어서 발버둥치다가
유리창에 나타난 아버지를 알아보고는

아이고 이 산 병신이여, 이렇게 살아 뭐하노?
너도 나도 하루 빨리 뒤지는 게 나아

날마다 바다에 침몰하는 태양은
저 떠오르는 태양을 잘 알고 있을까요
이대로 죽어도 내일은 또 내일이
다 부서진 난파선을 껴안고 떠오르리란 것을
아침부터 밥도 굶고 이리 저리 뛰어온
시간 시간이 기적이었다는 것을

은사시나무 요양원 一泊

은화지로 만든 병원 뜰
물기 왕성한 젊은 그루는 어디 아픈 것인가
매일 빠지지 않고 같은 위치에서
잘도 손바닥 뒤집는다 하루 팔만 번씩 배를
뒤집는다는 백파를 닮아간다…
참 생각은 난이하다
강녕할 때는 병 따위는 관심도 없었다 그러므로
1235호 창 너머 나목의 변신은 무죄다
찰랑찰랑 귀걸이 팔찌를 차례로 흔들며,
내 몸은 건강하고 편안하다 관세음보살 나의 아픈 곳을
자비의 손길로 어루만져 주시네*
복제된 기도문 외워주는 은사시 그루들 위대하다
24시간 고통에 찌든 뼈만 남은 나목도 거룩하다
검은 블라인드 내린 창 너머
바람이 뜯어먹고 버린 낮달 한 조각 침몰 직전
틈만 나면 찍어가는 X선 촬영으로 의사가 보여주는

* 정목스님, 치유의 기도문에서

내 영혼의 부재도 저리했다
한 잎 두 잎 떨어지는 덧없는 하얀 색계,
누가 섬자로 통점반 받아 적는다
마른 물고기가 형틀에 걸려 울고
속이 텅 빈 세상에서 질주하는 사이렌 소리
종이 커피 컵 속에서 쑥쑥 자란다

마당 쓰는 사이

사람으로 태어나는 일은
낙타가 바늘구멍으로 들어가는 확률이라지
내가 다시 나로 태어나기 위해서는
새들이 얼마나 지구를 돌아야 할까…
긴 칼을 허리에 찬 무사들의 수레를 얻어 타고서,
(원효 대사가 널빤지를 던져 천 명의 스님을 구했다는)
장안사 척판암에서 마당을 쓸다가 보았다

아리따운 파사익 왕의 시녀侍女들이
꿀물과 우유를 대령하고,
스님으로 태어나기 위해 쉬지 않고
빼꾹빼꾹…앵림산* 그늘에 숨어 울어대는 것을

…산더미 같은 설거지 버려두고 나와서는,
죽은 몸도 아닌,
살아 펄펄 뛰는 몸 구석구석에 쌓인 흙먼지들

---

* 의상대사와 원효대사가 머문 산 이름

마당 쓰는 소리 빌려

싹-싹- 낙엽처럼 쓸어 낸다

성묘

무덤 속에 잠든 아버지의 등을
파르르 잔디 깎는 기계로 밀고 있습니다
등을 굽힐 줄 모르는
내 영혼의 무덤은 누가 풀을 베어줄까요
나는 한때 낙타처럼
굽은 늙은 아버지의 등을 증오했습니다
세상의 잡다한 짐짝을 싣고
묵묵히 걸어가는 허리 굽은 아버지에게
사랑한다고 말 한번 하지 못했습니다
당신의 목말 타고 자랐어도
그 흔한 말을 왜 하지 못했을까요
아무리 미운 사람도 등을 돌려가는 뒷모습은
연민의 별빛을 내 뿜는 등잔
세상의 무거운 짐짝을 나르던
잠든 이들의 무덤은
낙타의 등처럼 둥급니다
아버지의 영혼의 등을 파르르
잔디 깎는 기계로 밀어드립니다

생전에 목욕탕에서 씻어드리지 못한
아버지의 등
낭신의 등을 쫓으며 으슥한 선술집
골목 어귀에서 기다리다가
예까지 따라 올라온
어머니의 수북한 풀등까지
묵은 때처럼 깨끗하게 밀어드립니다

파도로 남은 꿈

머리말에 와서 파도가 웁니다 저물녘이 되어도 물새들은 집으로 돌아가지 않았습니다 아버지가 대국에 이기지 못 한 것처럼, 피고 지는 사직社稷 하염없습니다 짚신을 감발하고 떠났던 길은 흙더미에 묻혀 있습니다 떠도는 별빛 두어 개 할 말이 있는 듯 눈빛 반짝입니다 수천 번 허물을 벗고 혼절하였다가 일어서는 바다의 마음인 양 막막했던 그리움 저편에서 아내의 손짓인 양 찰박거리며 다가오는 섬이 보입니다 하얀 톱밥을 토해내고 달아나는 저것은 또 어느 바다의 마음인지 모르겠습니다 평상심은 맑은 공기와 같다고 하지만 중심을 잃은 마음은 어둠 속에서 흐느끼며 있습니다 어옹하나는 밤낚시는 세월이 가는 줄 모르는 신선놀음이라 하지만 몇 해가 지났지만 나는 생선 한 마리 잡지 못합니다 이글거리는 석양은 바다에 빠져 부지직 꺼집니다 또 어둠입니다 어머니 뵈온 지 몇 날 며칠인지 기억에 좀처럼 떠오르지 않습니다 바윗돌 속으로 걸어 들어가는 길 하나 신발 한 켤레 남겨 놓았습니다 분분한 달빛 우두커니 앉아 듣습니다 아직 살아 있다는 체온! 이 가늘고 느린 느낌, 오래 파도가 되어 철썩거리다가 사라집니다

너는 나를 나는 너를 건널 수 없다고 돌아설 때
-한강 나루역 스타벅스에서

강을 건넌다는 것은 자기 목숨을 한 번씩 재는 일 같*지
아이 울음을 바늘처럼 빠뜨린 38선 도강이 그러하지…
나는 너를
너는 나를 건너갈 수 없다고 돌아설 때,
사랑도 목숨까지 걸어야 깊이를 알 수 있다는 것을…
더러 바닥이 환한 이 강은 아무도 살 수 없지만
나는 그걸 와디라고 말하고 싶은 거지
죽지 못해, 살아야 할수록 풍랑도 많지
상대의 깊이를 알고 강을 건널 때 가끔
내가 이 강을 건너서 돌아올 수 있을까, 하는 생각에
하염없이 맥을 놓지 그런 날은 별점 스타벅스에 앉아서
수백 수천억 개의 맥이 흐르는 강을 살리기 위해
아메리칸 블랙커피를 시키지 내 핏속을 타고 도는 검은 물을
나는 천사의 강이라고 생각하지 어떤 날은
주치의가 이런 나에게 극약 처방을 하지
항우울제 말초신경 회복제…
혹시 몰라서 넣는다는 수면제…

---

* 황지우 시에서 인용

진통 효과도 있다며, 하루 세잔 정도는 괜찮다고 권하지
검은 천사의 눈물 같은 커피를 홀짝이며
거미줄같이 복잡한 이어폰을 끼고 앉아서
나는 왜 이리 슬픈 것이 무슨 영문인지** 모르면서
철썩철썩 외로운 뗏목같이 표류하며
강 건너서 그대가 내게 오길 기다리지
기다리고 기다리다 보면
강은 강을 버리고 산은 산을 버리지
그 찬란한 어둠은 불빛을 이기지 못하고 물러가고
많은 사람들이 뗏목 위의 영웅처럼 밧줄에 묶여서
흘러가고 있지
치명적인 사이렌의 노래를 뒤로 하고
하루에 한 번 한강을 건넌다는 것은
자기 목숨의 길이를 줄이는 일이기도 하지

노란 별은 허공에 못 박혀서도 큰소리치지

** 〈로렐라이 언덕〉 노래에서 인용

해설 · 시인의 말

들리지 않는 슬픔을 철필하다

김다연(시인·영상작가)

I

송유미 시인은 차마 말할 수 없는 내면의 깊은 슬픔을 시의 언어로 포착해왔다. 그에게 시인으로 산다는 것은 삶을 깨닫는 실천적 과정이며, 생에 깃든 슬픔과 고난 안에서 끝끝내 '목울대가 까맣게 타버린 詩의 꽃'들을 피워 올리는 일이다. 『점자 편지』는 '귀 없는 새들만 알아듣는' '숲의 말씀'처럼, 더는 잃을 것이 없는 존재의 밑바닥에서 써내려간 삶의 경전이다. 생의 싸늘한 잿더미 속에서 발견한 불씨 같은 성찰에는 치열하고 강인한 정신이 깃들어있다. 그렇기에 시인의 시로부터 삶의 고통과 난관을 견디는 힘을 얻게 된다.

척박한 삶들을 시 세계 속에 그대로 옮겨놓는 일은 아픔이다. 오랜 기간 삶과 시를 쓰는 행위를 밀착시키고자 했던 그는 『점자 편지』를 통해 시가 말의 유희나 언어의 향연이 아닌 삶의 양식임을 보여준다. 한 산문에서 시인은 '시를 쓴다'는 행위에 대해 '생과 사가 반복되고 소멸하고 탄생하는 것들을 처연하게 바라보는 한 견의 시선'으로 세상에 드리워진 '정체불명의 슬픔'을 형상화 하는 일이라고 밝힌 바 있다.

『점자 편지』는 만져지는 슬픔이다. '두 눈을 감고 꽃잎 같은 고사리 손으로/부드러운 살결을 만지듯이 읽어'야만 읽히는 약자들의 울음을 닥종이에 철필로 새겨놓았다. 시인은 '가시 손으로/모래사막 낙타가시풀의 고독'을 읽어내듯이 밑바닥 심층의 통점을 명료하게 짚어내지만, 그 아픔을 어루만지는 손길은 깊고 따스하다. '세계 속에 머물다 흔적을 남기지 않고 사라지는 비 영원성의 존재들을 향한 안타까움에서 생성되는 이미지'들로 자신만의 시 세계를 구축해가는 그의 작업은 현대 시문학에 있어 소중한 시적 실천이다.

Ⅱ

김영민 철학자(시인)는 송유미 시인에 대해 '타인의 예각과 울음이 먼저 – 깊이 다가와서 뚫고 지나가도록 자신의 주체를 비운 시인'이라고 평하며, '시적 공간의 불가능성을 온몸으로 구현하는 도시 속에서라야 오히려 '더 이상 밀려날 수 없는 예각'의 빛을 발한다'라고 하였다.

시인의 시적 공간에는 보이는 것과 보이지 않는 것, 들리는 것과 들리지 않는 것, 사라진 것과 남겨진 것들이 마주하고 있다. 시인은 현상의 이면을 그려 내는데 있어 탁월한 감각을 보여 준다.

야학을 마치고 돌아오면, 늑대 바람이 우우우 울며 마중 나오던 푸른 집 식구 수대로 라면이라도 끓일라치면, 찢어진 루핑 지붕 날개가 요동치며 헬리콥터 소리를 내던 집…

베니어 네 벽마다 월부로 들여놓은 TV에서는 똑같은 시간에 똑같은 '김자옥'이 나오는 「신부일기」가 흘러나왔지 새벽이면 연탄가스에 취해 죽어가는 사람들이 119 구조대의 들것에 실려 나가던 집… 폭우라도 쏟아지면 천정의 구멍이 점점 커져서 은하수가 쏟아지던 집 다세대 12가구들이 손바닥만 한 마당에서 세수하고 칫솔질하고 설거지를 했지 꽃장판 평상에는 포대기에 싸인 아기들이 앙앙 다투어 울어도, 한 땀 한 땀 아낙들은 삯이 2천 원짜리 가내수공업 뜨개질에 열중했지

가볍게 지나가는 소나기에도 솜이불이 스펀지처럼 젖어버리던 집 민들레 엄마 이집 저집 뛰어다니며 꾼 돈으로 월세 내어도 자꾸 밀려 이삿짐도 못 꾸리고 야반도주했던 집 파란 페인트 칠 벗겨진 철 대문이 24시간 열려 있고, 집주인과 함께 살지 않아서 잠시나마 지상의 낙원… 내 첫사랑 임영웅 큰 오빠가 전국 노래자랑에 나갈 꿈으로 목이 아프게 〈울어라 열풍아〉를 부르며 아직도 살고 있는 메타세쿼이아 푸른 대문집… 봉천동 버스정류장에서 내려서도 돌계단을 108개나 밟고 올라가도 한참 미로에 갇혀서 휘파람 불어야 열리는 하늘 집 구름집…

-「화석」 전문

그의 시에서 시적 화자들의 유년은 기억의 공간에 저장되어 있는 것이 아니라 더 이상 존재할 수 없음에도 여전히 존재하는 장소로 나타난다. 다닥다닥 저마다의 사연들이 붙어사는 '메타세쿼이아 푸른 대문집'은 시로 이루어진 주소를 따라가면 언제라도 당도할 수 있다. '봉천동 버스정류장에서 내려' '돌계단을 108개나 밟고 올라가도 한참 미로에 갇혀서 휘파람을 불어야 열리는 하늘 집 구름집…'은 이웃한 삶들이 훤히 들여다보여, 별반 다르지 않은 궁핍한 서로의 사정이 헤아려질 수밖에 없는 곳이다. 한 지붕 아래 모인 곤궁한 사람들은 비극적 상황 속에서도 서로를 향한 연민으로 불편함을 견디어 낸다. 시인의 시는 '폭우라도 쏟아지면' '점점 커져'가는 '구멍'에서 탄생한다. 그 참혹의 구멍을 '은하수'가 메우듯, 냉혹한 현실의 상처를 깁는 감각적 이미지로 '잠시나마 지상의 낙원'을 만들어 낸다. 녹록치 않은 삶을 살아가는 시적 화자들은 제 삶을 밝히는 빛을 스스로의 자리에서 찾아내고, 그 빛은 자신들의 상처를 치유하면서 생의 아픔을 견디게 하는 힘을 발휘한다.

서울 역전, 우리, 孔兄, 새벽 댓바람부터 병나발 분다
데굴데굴 굴러다니는 소주병 속으로 질주하는 KTX가
푸른 바다에 풍덩 빠질 무렵이면
뱃살 출렁이는 몸뚱이도 바닥이 나겠지
바닥 새들 비상하겠지
바닥을 모르면서 바닥을 노래하는 것도 싱거운 일이지…
너는 뭐 그리 바닥을 잘아냐고
원효 도사 천 원 한 장 주면 성불시켜준다고 손바닥 내민다

헛소리 미친 소리에 귀를 씻고 씻다 보면
나도 마개 열린 우리, 孔兄이다… 복제 孔兄이다
거금 오만 원 넘게 내고, 아등바등 올라온
서울은 빈 병이다… 나는 병 속의 새다
하나부터 열까지 서울 역사 안에서 해결되는 상술 속에서
한발도 나가본 적 없는 나의 서울 나들이, 나는 병 속의 서울,
서글프지만 이런 깨달음을 얻는데
50년이 걸린 나의 인생,
이제부터 '쥐뿔' '개뿔'로 살아갈 것이다
노아의 홍수에서 공기만 먹고 살아남은… 서울역 비둘기들
쥐뿔도 없는 바닥 하나 믿고 은일하다

-「소주병 속에 비둘기가 산다- 서울역」 부분

「소주병 속에 비둘기가 산다 – 서울역」은 '서울'이라는 공간을 빈병 속으로 옮겨 놓는다. 허상으로 채워져 있던 것들이 바닥나면서 드러나는 '서울'의 밑바닥에는 '바닥을 모르면서 바닥을 노래하는 것'이 '싱거운 일'이 되기까지 굴러다닌 '바닥 새'들의 영혼이 읽힌다. 병 안에서 모든 것이 해결되어 한 발도 나갈 수 없는 '서울'은 갇혀 있다는 생각에 갇히게 만드는 도시이다. '천 원 한 장'에 성불할 수 있다는 노숙자 신세 원효도사의 '헛소리 미친 소리'에 귀를 씻고 보면 '나도 마개 열린 우리, 孔兄'라는 것을 알게 된다.

'풍요 속에서는 절대 입구를 찾지 못'할 유리병 속 삶에서 벗어나는 길은 '바닥'까지 내려와서 '바닥'을 딛고 '비상'하는 것뿐

이다. '쥐뿔', '개뿔'의 힘으로 바닥을 살아내다 '개뿔 하나 없는 바닥'이 된 후에야 소주병 밖으로 날아오를 수 있다.

Ⅲ

아- 나비들 마른 나뭇잎 속에 숨어 있다가 떠나는 가을
등 굽은 뇌졸중 환자들이랑 마구 뒤섞인 화투패 두다가 아네
화투 한 장 넘기는 장력에도 기적이 스며 있다는 거
끔찍한 자식 사랑도 우물쭈물하다가 떠나는 배 같은 거여서
아무도 면회 청하는 이 없는
요양원 물리치료 작업실 두레반 앞에 모여 앉아
이해용 수저와 젓가락으로 물리치료사 선생들
재촉받으며 종일 밥 먹는 작업을 하네 아 힘들어
한 숟가락 뜨는데 1시간이라니 고작 젓가락질뿐인데
겨자씨 한 알로 성을 쌓는 겁의 시간이 필요하다니
푸른빛 강 건너
나의 젊은 삶이야 밥 한 끼는 식은 죽 먹기겠지만
푸른빛 강 건너 이편 저녁 불빛들은 배가 고프다

-「*유칼립투스 물리치료실 2*」 일부

삼킴에는 얼마나 많은 근육이 필요한가? '식사 한 끼의 신통神通이 무엇인지도,/ 일용이 무엇인지도 모르고 살다가' '푸른빛 강 건너' 배고픈 저녁 불빛의 시간에 이르게 되면 일용사가 삶을 지탱한 전부임을 깨닫게 된다.

시인은 삶의 영역에서 죽음의 영역으로 이끌려가는 고통의 몸을 시적 화자로 삼아 삶과 죽음을 성찰한다. '오관이 망가져 가는' 육체로 '한 수저 두 수저 들어 올리는 시간'과 '도끼가 썩어가는 천년전 시간'을 경험한다. 시 속 이 겁劫의 시간은 차이밍량(蔡明亮, Tsai Ming liang) 영화감독의 '행자行者' 시리즈를 연상하게 한다. 빠르게 움직이는 무리들 속에서 오직 한 발 한발 느리게 걸음을 내딛는 승려의 걸음은 정지에 다가가는 느림이다. 군중 속에서 떨어져 나가는 속도, 무언가에서 이탈해가는 속도는 그 자체로 하나의 깨달음이 된다.

겨우 '한 숟가락 뜨는데' '겨자씨 한 알로 성을 쌓는 겁의 시간'이 필요한 '몸'들이 둥글게 모여 화투를 두다 보면 '화투 한 장에 넘기는 장력에도 기적이 스며'있음을 알게 되리라.

'기다리는 것'은 '결국은 노인이 되는 일「노인이 되어도 나는 노인인 줄 모를 것이다」'이지만, 우리는 젊음을 갈망하며 늙지 않음에 몰두하는 사회안에서 '노인이 되어도' '노인인 줄 모'른 채 살아갈 것이다. 온갖 상품과 시스템이 영원히 '젊음'에 머물고 싶어 하는 인간의 욕망을 부추긴다. 그러나 몸은 욕망과 무관하게 소멸을 향해 다가간다. 유칼립투스 물리치료실 연작시들은 의식이 요구하는 움직임을 몸이 수행하지 못하는 것에서 오는 불일치의 아픔으로 가득 차 있다. 내쉬는 숨소리와 앓는 소리의 경계가 없어지는 날들 속에서도, 인턴들은 '현대 전기차 이야기에 바쁘고' '코빼기도 못 보는 의사들은 세미나에 바쁘다'. '주사를 맞아도 그만 안 맞아도 그만'인, 불치의 몸 앞에는,

그저 그 모든 고통을 치유할 '자연'이 부임되리라.

> 사람 사는 일은 평생 똥 잔치다 밥잔치다 산다는 건 그 잔치 설거지로 바쁜 나날이다
>
> 누구는 밥 한 끼에 이백만 원씩이나 소비한다는데 누구는 무료급식 한 끼에도 부자 기분을 느낀다는데 입원해서 점도 증진제 섞은 죽을 먹다 기저귀 차고 똥 싸는 환우의 똥 냄새 반찬처럼 씹으며 알았다 따뜻한 위속으로 들어가는 순간, 어떤 밥도 똥이다 푸세식 찾기 어려운 이 시대 똥은 어떤 똥도 대접받기 어렵다 왕복 열차처럼 아침 저녁 똥 체크 하러 오는 간호사의 슬리퍼 소리에 치매 걸린 친구와 간병인은 이전투구, 똥전쟁이다
>
> -똥이 안 나온다 똥이 안 나온다
> -똥 소리 좀 그만해 오늘 많이 쌌어
> 그놈의 똥
> 정말 지겨워 죽겠어
>
> -*「개똥 익어가는 계절 -친절한 간병인 k에게」* 부분

'사람 사는 일은 평생 똥 잔치', '밥잔치'이며, '산다는 건 그 잔치 설거지로 바쁜 나날'임을 알기까지 얼마나 많은 상들을 차려내고, 얼마나 많은 그릇을 닦아야 할까? 냄비를 닦으며 제 마음 하나 헹구지 못하는 마음을 들여다보던 '손'의 수행은, 생노병사 속 모든 밥상을 차려내고, 개수대 앞에서 그릇을 헹궈

내며 삶의 이치를 깨닫게 한다.

'밥 한 끼에 이백만 원'을 지불하거나 '무료급식'으로 한 끼를 해결하나 '위속으로 들어가는 순간, 어떤 밥도 똥'이 되기에 모든 식사는 동등하다. 태어난 존재는 반드시 겪는 죽음 역시 그러하다. '어떤 똥도 대접받기' 힘든 시대, '똥'이 나오지 않는 환자의 사투는 처절하고 고독하다. 간병인에게는 달갑지 않은 '똥'일지라도 '똥'은 살아 있음의 징표이자 전부가 되기도 한다.

이대로 죽어도 내일은 또 내일이
다 부서진 난파선을 껴안고 떠오르리란 것을
아침부터 밥도 굶고 이리 저리 뛰어온
시간 시간이 기적이었다는 것을

-*「갈참나무 요양원 - 무연고자 류 翁 사는 법」 부분*

시인은 유칼립투스 물리치료실 연작시, 「개똥 익어가는 계절-친절한 간병인 k에게」 등을 통해 살아있는 존재의 가치를 깨닫게 한다. 밥을 먹는 것, 똥을 눌 수 있는 것, 움직일 수 있는 것, 그 모든 것이 삶의 '기적'이라는 것을….

철거지역, 노인 병원 영안실 앞에는
버려진 구두가 꽃잎처럼 지천이다
장거리 문상객을 위해서일까 붉은 다라이 신발 신은
배롱나무 그늘 아래 그가 누런 삼베 두건을 쓰고
밤을 새워 검정 구두를 별빛처럼 닦고 있다
가만히 들여다보면 상갓집으로 모여드는 것은

구두만 아니라 국화꽃도 지천이다
검정 구두와 하얀 꽃의 성스러움은 두 말이 필요 없지만,
곡비가 사라진 마당에
상喪예의가 너무나 소홀해서
떠나는 자는 절대 울지 않는다는 것을 아무도 모를 것이다
우수수 바람에 떨어지는 꽃을 보라,
바람이 맨발에 꿰면 훌륭한 당혜!
누가 죽음은 끝도 시작도 없는 항해라 했나
누가 뭐라 해도 길고 긴 항해에는
소가죽 구두가 잘 어울릴 텐데
수의에 걸맞은 신발이 시대에 뒤떨어지게 짚신짝이라니
이걸 죽은 자가 어떻게 산 자에게
전달해야 할지 모르는 비애로
세상 모든 검정 구두들은 오늘 밤에도 상갓집으로 모여든다

-「배롱나무 구두 병원으로 맨발들 모여들고」 부분

송유미 시인의 시에서 '신발'은 삶에서 죽음으로, 죽음에서 삶으로 영혼을 싣고 떠도는 배다.

폴리오 태풍이 불던 날이던가요. 자꾸 진흙탕 속에서 미끄러지는 신발 때문에 내 몸이 블랙홀에 빠져들어갔지요. 신발이 없는 삶이 얼마나 편안한지 그때 알게 되었죠. 나는 그래도 잠이 들면 신발 속으로 들어가서 꿈을 꾸죠. 엄마의 자궁같이 따뜻하고 비릿한 어둠 속에서 눈을 감으면 난 꽃으로 피죠. 나비가 날아오르죠. 모두 나비가 되어 하늘로 떠나고 댓돌 위에 검정 고

무신들만 남았어요. 이제껏 내가 신은 신발은 몇 척이나 될까요. 종로 앞에서 세종로 앞에서 충무로 앞에서 자꾸만 잃어버린 신발을 신어봐요. 흩어지는 나뭇잎들은 또 얼마나 많은 바람들이 신다가 버렸는지 셀 수도 없고요.

몸의 감옥을 떠다니는 나뭇잎 한 척.

-「향해」『검은 옥수수밭 동화 (애지)』 부분

'이제껏 내가 신은 신발은 몇 척이나' 되며, '흩어지는 나뭇잎들을 또 얼마나 많은 바람들이 신다가 버렸는지 셀 수' 없이 끝없는 몸의 「향해」는 탄생과 죽음을 거듭하는 '몸의 감옥'이기도 하다.

「배롱나무 구두 병원으로 맨발들 모여들고」는 육신이 떠나는 자리에 저마다의 신을 꿰차고 온 몸들이 모여 장관을 이룬다. '늙은 아버지의 몸'같이 헐거워져 가는 한 켤레의 신발들이 먼저 떠나는 '몸'을 애도한다.

이 시의 시적 화자는 '죽을힘을 다해 살다가 끝내 떠나고만/막내 영정 앞에' '이 헌신짝 같은 세상을 네가 버리고 가는 거'라며 '소가죽 구두 한 켤레'를 선물한다. 이 한마디 말 속에서 생을 떠나는 자의 발걸음은 가벼워질 것이다. 또 한 켤레의 신발 속에서 '끝도 시작도 없는 항해'를 하다 다시 태어날 몸에 닿게 되리라. '몸의 감옥을 떠다니는 나뭇잎 한척'에 실려 가는 영혼들의 만남과 이별을 시인은 이토록 슬프면서도 아름다운 이미지로 형상화 시켜내고 있다.

IV

…황하의 물이 하늘에서 내려와 세차게 바다로 흘러 다시 돌아오지 못하는데

……코가 잔뜩 풀린 생각을 대바늘에 건다 길이란 길은 엉켜 캄캄한데 간밤에 지푸라기 잡은 꿈을 놓치지 않았는지, 더듬더듬 빈 바늘이 움직이며 윗몸을 짠다 아랫도리를 짠다 욕심을 줄어야 할 늘어진 뱃가죽은 어떡할까, 한 땀 한 땀 짜다 보니, 어느새 물속의 달이…진다

어릴 적 젊은 엄마는 아무런 밑천도 없이 한 잎 두 잎 청보리밭에 엎드려 빈혈이 노랗게 이는 아지랑이를 짰지… 노란 황달 들린 내 발은 여기저기 얼어 터져 인동초 잎사귀 같이 아프지도 않았지

딸들은 살림 밑천이라면서 영등포 공장으로 떠나보내고, 다달이 세금처럼 받아 챙긴 여공의 월급봉투 모아 대학에 진학한 큰 오빠의 비단 구두는 성주 단지 같이 높은 시렁 위에 모셔 놓고, 남은 꿈들을 동전처럼 집어삼켰지

여자의 인생은 툭툭 끊어지고 마는 풍금 소리인지… 자꾸만 올올이 풀려 버린 보릿고개 언덕에 앉아 엄마들 삯 뜨개질한다… 늙은 봄은 수고도 없이 길쌈도 없이… 아무런 밑천도 없이 찰나에 가내수공업 하청 공장 차려 수천수만 장의 초록 들판을 납품한다… '착한 엄마'란 상표를 빌려…

-「*봄이 밑천*」 전문

송유미 시에서 드러나는 여성성은 없음의 세계에서 봄을 밑

천 삼아 살아냈던 손들의 정신이다. 「봄이 밑천」에 등장하는 여성들은 절망의 순간에도 끝끝내 몸을 일으켜 세우는 강인함과 아무런 밑천 없이도 기어코 한 땀 한 땀 생을 짜올려 내는 억척스러움으로 가난의 시절을 견뎌냈다. 그 부단한 움직임이 만들어 내는 생산성은 제 자신을 밑천 삼아 만들어지는 것이기에 '한 땀 한 땀 짜다 보'면 '어느새 물속의 달이' 진다. '툭툭 끊어지고 마는 풍금 소리'가 울려 퍼지는 희생뿐인 인생에는 '착한 엄마'란 상표만이 붙어있을 뿐이다. 그는 그 끊어신 울음소리를 누구보다 섬세한 언어의 주파수로 포착해낸다.

하루가 무섭다 어두워지는 눈이 무섭다
의사의 만류에도 삶의 낙이 이것뿐이라고
어머니 철필로 점자 불경 닥종이에 옮겨 새기신다
해진 열 손톱 끝에 봉선화 꽃물 번져 간다
시치미 떼고, 연옥을 찾아가는 단테같이
주문呪文을 하얀 닥종이에 새긴다
어디선가 찌르르 스르르 우는 풀벌레 소리
잘 알아보면, 점자별과 통신을 하는 소리…
제 심장에다 나이테를 나무들이 새기듯이
더듬더듬 감은 눈으로 무얼 쓰고 싶은 것인가
오늘 만나도 내일은 알 수 없는 내 마음이
답답한 마스크 끼고 앉아서 철필로 만다라 새긴다
결국 시작과 끝이 만나서 바람에 털리고야 말
모래 만다라처럼, 빈손은 백지로 돌아온다
그래도 자꾸 점자별이 되고 싶어

만다라 속을 수놓는

오롯한 점자의 시간

-「점자 숲 오목눈이 교실3」 부분

시인이 『점자 편지』를 통해 그려내는 언어는 바깥으로 발화되는 언어가 아니라 제 가슴에 철필로 새겨 넣은 '만다라'다. 자꾸만 어두워지는 눈으로 '삶의 낙이 이것뿐'이라며 '점자 불경 닥종이' 옮기는 어머니의 심경이며 '제 심장에다 나이테를 나무들이 새기듯이' 제 가슴 안에 삭히는 슬픔이다. '오롯한 점자의 시간' 속에 수놓는 것은 '결국 시작과 끝이 만나서 바람에 털리고야 말 모래 만다라'이다. 그것은 백지로 돌아가는 시이자, 모래 만다라를 새기는 서로의 손끝에서야 읽을 수 있는 크나큰 아픔이다. 시인은 여성의 삶에 담긴 슬픔을 시라는 형식 안에 '점자'를 새기듯 독창적 이미지로 형상화 시켜냈다.

침묵은 물그리메 깊이 잠들면 고요한 북 잠든다는 건 두 가지 뜻이라지 산다는 건 生을 품은 死, 死를 상대하는 순간순간들 (중략) 흩어진 뼛가루로 뭉쳐진 내 열두 개 손가락으로 도무지 만져지지 않는 피붙이들… 물 위에 쓴다

…사랑이 비산 민교 태언 규린 그리고 연두…

-「고향 윤슬」 부분

시인의 시에서 나타나는 척박한 현실에서도 일어서는 힘은 '목숨을 걸어야 깊이를 알 수 있'는 사랑에서 나온다. 시인이 품

은 사랑은 역경 속에서도 삶을 지탱하게 만드는 근원적 힘이다. 그 사랑은 '生을 품은 死, 死를 상대하는 순간순간들' 속에서 만나고 이별한 인연들을 향해 있다. 탄생과 소멸을 거치며 '비목 속에서 새겨진 죽은 이름'으로 남겨진 그리운 이들의 흔적들은 여전히 남겨진 이들의 삶을 빛내고 있다.

'세상 모든 것이 시를 돕고 있'고, '세상 모든 시들이 삶을' 도울 것이라는 시인의 말 속에 그의 시 세계가 담겨 있다. 사막의 모래알로 만다라를 그려내는 그는, 오랜 기간 창작에 몰두하며 현대 시문학에 확고한 자신만의 지평을 만들어 냈다. 그는 삶 속에서 시를 들어 올리는 시인이며, 그가 시로 들어 올린 삶의 일편一片에는 어둠 속에 빛이, 빛 속에 어둠이 동시에 숨 쉬고 있다. 세상의 이면을 읽어내는 시의 힘은 여전히 유효하고, 그것이 또 우리가 살아가는 삶의 힘이라는 것을 그의 시가 증명하고 있다. 그 소임을 위해 끊임없이 세상 가장 낮은 곳으로 가고, 그곳에서 들려오는 삶의 소리들을 찾아내는 그의 작품은 시간이 갈수록 더욱 빛을 발할 것이다.

—세상 모든 것이 시를 돕고 있습니다.
세상 모든 시들이 삶을 돕고 있습니다.
잠시 내 시가 작은 먼지처럼 빛을 돕기를
서원해 봅니다.

이산가족 송인하 부친 이순이 모친 주일 선생 가족. 바다 건너 피붙이 서동성 변호사 김민교 한송이 도아 선생께 이 시집을 바칩니다.